FOLLOW YOUR HEART

당신의 마음이 보여주는 길이 있습니다.

이 세상에 태어난

유일하고도 소중한 _____ 님께

『마음이 흐르는 대로』를 선물합니다.

내 안의 소리에 귀 기울일 때 찾아오는

나답게 살아갈 용기, 그리고 자유를 만끽해보세요.

바로 오늘, 그 첫 발걸음을 내디뎌보세요.

사랑과 응원을 담아,

_____ 드림

마음이 흐르는 대로

삶이 흔들릴 때 우리가 바라봐야 할 단 한 가지

마음이 흐르는 대로

지나영 지음

Follow Your Heart

다산
북스

'나'라는 사람의 진정한 뿌리가 되어준

아버지 지이식,
어머니 나정자,
언니 지나께

이 책을 바칩니다.

사람이 감당할 시험밖에는
너희가 당한 것이 없나니

오직 하나님은 미쁘사
너희가 감당치 못할 시험 당함을 허락지 아니하시고

시험 당할 즈음에 또한 피할 길을 내사
너희로 능히 감당하게 하시느니라.

고린도전서 10장 13절

No temptation has overtaken you
except what is common to mankind.

And God is faithful;
he will not let you be tempted beyond what you can bear.

But when you are tempted, he will also provide a way out
so that you can endure it.

1 Corinthians 10:13

　누구나 자신의 삶을 주도적으로 이끌어가고 싶어 하지만, 그 의지대로 살아가는 사람은 그리 많지 않다. 나는 이 글을 쓰기 전까지 지나영 교수에 대해 전혀 알지 못했지만, 그럼에도 그녀의 글을 읽으며 나와 그녀가 참 많이 닮았음을 느꼈다. 어떤 일을 앞두고 위험이나 실패를 먼저 생각하며 움츠러들기보다는 나의 판단을 믿고 당당히 뛰어드는 자세, 그리고 오랜 기간 타국에 살면서도 한국인으로서의 긍지를 잃지 않은 점에서 우리는 무척이나 닮아 있다. 20대 중반이라는 나이에 홀로 미국으로 건너 와 남다른 이력을 쌓아가며 자기 자리에서 빛을 발하기까지 장장 20년이라는 세월 동안 얼마나 많은 난관을 거쳤을지, 전라남도 나주에서 태어나 그녀보다 한 세대 앞서 미국에서 터를 잡고 살아온 나이기에 더 절실히 느낄 수 있었다. 그리고 당당하고 씩씩하게 새로운 문화 속에서 자기 삶의 사명을 다하며 살아가는 그녀의 모습에서 후회 없는 인생의 의미를 엿볼 수 있었다.

쉴 틈 없이 살아가던 그녀가 갑작스레 병마를 마주해야 했듯이, 나의 남편 래리 호건 역시 2015년 메릴랜드 주지사에 당선된 지 몇 개월도 채 되지 않아 림프암 3기 판정을 받았다. 우리의 삶 역시 그녀의 삶처럼 "큰 바위를 들이받은 듯" 완전히 서버릴 위기에 처했다. 그래서였을까? "이제는 꺼져가는 촛불처럼 아슬아슬한 에너지만 남은 병든 몸 안에 갇히고 말았다"라는 그녀의 말에서 눈물이 왈칵 쏟아졌다. 장장 6개월을 꼼짝없이 입원해 고통스러운 치료를 받던 남편의 모습과, 그 옆에서 삶의 끈을 꽉 움켜쥔 채 하루하루를 버텨나가던 수많은 환자들의 모습이 떠올랐다.

지나영 교수는 이 책에서 "병을 겪으며 세상과 사람과 삶을 바라보는 시각이 많이 달라졌다"라고 말한다. 병마와 싸우며 우리 부부 역시 그러한 점을 절실히 느꼈었기에, 이 대목에 눈길이 멈출 수밖에 없었다. 나는 남편이 입원해 있을 당시, 삶의 희망도 느껴볼 새 없이 어린 나이부터 병마와 싸우고 있는 소아 및 청소년들을 많이 만났다. 그리고 그들의 마음에 아주 잠시라도 고통이 아닌 희망과 기쁨을 주고 싶어 남편이 회복한 후 'Yumi C.A.R.E.S.Children's Art for Recovery, Empowerment and Strength'라는 미술치료 프로그램을 만들어 그들을 돕기 시작했다. 결국 남편의 투병 기간은 병동에 있는 사람들을 만나고 그들을 이해하게 된 뜻 깊은 기회이기도 했다. 덕분에 나는 그 고통스러웠던 시간을 이젠 감사하는 마음으로 볼 수 있게 되었다. 지나영 교수가 "병이 빼앗아 간 것보다 오히려 주고 간 게 더 많다"라고 말하는 것처럼.

이 책에서 지나영 교수는 자신의 장점과 화려한 모습을 보여주려 하기보다는 오히려 부족한 모습을 아낌없이 털어놓는다. 그녀의 솔직하고 용기 있는 고백과 병을 통해 되돌아본 의사로서의 마음가짐은 내 삶을 겸손하게 바라볼 수 있는 계기가 되어주었다. 특히 남편에게 자기 생의 마지막 순간을 기쁨과 축하의 장으로 만들어달라고 부탁했다는 구절을 읽으며 마음 한구석이 뜨겁게 달아올랐다. 성숙하고도 놀라운 그녀의 깨달음은 삶을 완전히 뒤바꿀 만한 병마를 앞에 두고도 나보다는 남을 먼저 배려하는 그녀에게 주어진 주님의 선물은 아닐까.

이 책에서 그녀는 내면의 목소리를 들으며 나를 먼저 사랑하고 존중하는 사람이 되어야 다른 이들과의 관계 속에서도 화합할 수 있다고 말한다. 또 한정돼 있기에 더욱 귀한, 우리에게 주어진 시간을 의미 있게 쓰려면 진심이 향하지 않는 권유나 부탁에는 "No"라고 답할 줄 알아야 한다고도 이야기한다. 어려운 시간과 아픔을 견디며 얻은 이 주옥같은 깨달음들은 '오늘'의 가치를 잊고 살아가는 사람들에게는 삶의 의미를, 자기 길을 개척하고 앞으로 나아가고자 하는 젊은 세대들에게는 꿈과 용기를 심어줄 것이다. 수많은 책들 가운데 이 책이야말로 나에게 가장 감동을 준 책이라고 말하고 싶다. 아름답고 귀감이 되는 그녀의 삶 앞에, 이 책을 읽는 모든 이들의 발걸음에 주님의 축복이 함께하기를 진심으로 바란다.

메릴랜드주 퍼스트레이디

유미 호건Yumi Hogan

"내 인생이 계획대로 순조롭게 흘러가고 있구나!"

매일 아침 일어나 이렇게 말할 수 있는 사람이 세상에 얼마나 있을까? 내 인생 역시 예기치 않은 일과 수많은 반전으로 점철되어 있었다.

어릴 적부터 나는 햇살이 쨍쨍한 맑은 날을 사랑했다. 그 밝은 기운에 내 기분도 절로 좋아지곤 했으니까. 비 오는 날을 좋아하는 사람도 있다지만, 나는 그런 날은 칙칙하고 어두워서 싫었다. 마치 소풍날을 기다리는 아이처럼 내일도 따스한 햇살이 세상을 감싸주길 바랐다.

그런데 뒷마당에 상추와 오이, 파와 호박 등을 심고 기르기 시작하면서 처음으로 비 오는 날을 기다리게 되었다. 비가 생명을 풍성하게 한다는 것을, 그렇기에 어떤 생명에게는 비 오는 날이 곧 선물이 될 수도 있음을 배웠기 때문이다. 그래, 매일 화창하기만 하고 비 한 방울 내리지 않는 곳은 황량한 사막이 아니던가.

그리고 한없이 맑고 화창할 줄로만 알았던 내 인생에 거친 회오리바람과 강한 폭풍우가 몰아치고 나서도 비슷한 사실을 깨달았다. 내 삶에 갑자기 해가 뜨지 않아 '왜 나에게 이런 불행이 닥친 걸까?' 하며 원망하고 싶었을 때, 그때가 바로 메마른 내 생명을 풍성하게 해주는 '비 오는 날'이었음을 느낄 수 있었다.

대략 3년 전이었다. 만 41세 생일을 앞둔 하루 전날, 쉴 틈 없이 달려오던 내 인생을 180도 우회하게 만든, 지금까지도 믿기 어려운 일이 일어났다. 몸살과 같은 근육통과 오한을 앓은 이후 나는 이름 모를 병에 시달리기 시작했다. 몇 달 만에 증상이 급속히 악화되더니, 결국 잠시 앉아 있거나 서 있는 일조차 힘든 지경에 이르렀다. 늘 에너지 넘치고 활동적이었던 나의 삶은 마치 햇살에 안개가 걷히듯 한순간에 눈앞에서 사라지고 말았다. 그렇게 현저히 달라진 내 삶에 적응하면서 '앞으로 어떻게 살아갈 것인가?'를 다시금 고민할 수밖에 없었다. 그 고통스러운 시간을 보내며 그제야 나는, 안개가 걷히고 나서 보이는 것들이 내 인생에서 참으로 중요하고 또 더욱 가치 있는 것이란 사실을 깨달았다.

그때부터 병을 마주하고 반추해본 내 삶의 궤적과, 거기에서 깨달은 것들을 하나둘 적어 내려가기 시작했다. 내 삶이 가차 없이 중단되어 절망했을 때 그간 너무 바쁘게 살아왔기에 엄두도 내지 못했던 '작가'라는 일에도 이렇게 도전해보게 되었다. 가장 처절하고 절박했던 순간들이 내 인생에서 가장 특별한 창작품을 낳게 한 셈이다.

나라는 사람이 신의 창조물이라면, 내 삶은 내가 만드는 창조 작품이다. 삶이라는 큰 바위를 받침대에 올려두고 매일 조금씩 정으로 쳐 깎아나가는, 손에 굳은살이 가득한 그 '장인'이 바로 나인 것이다. 어떤 날은 바위를 잘못 쳐서 조각이 원하지 않게 깎이는 바람에 '망했다'고 생각할 수도 있고, 또 어떤 날은 계속 치는데도 좀처럼 깎이지 않아 포기하고 싶은 날도 있을 것이다. 치면 칠수록 내가 원하는 이미지와는 다르게 되는 것 같아 속상하고 실망스러울 때도 있다. 그럴 때일수록 나는 다른 사람이 만드는 조각품들을 신경 쓰거나, 사회나 주변 사람들이 원하는 조각품이 무엇인지 염려하기보다는 내가 완성하고픈 이미지에 더욱 집중하려고 애썼다. 커다랗고 볼품없는 바위가 얼마나 멋진 작품이 될지는 결국 바위의 주인이자 장인인 나에게 달려 있기 때문에. 그리고 남에게 그 바위를 어떻게 만들지 맡겨버리기에는 '내 삶'이라는 조각품이 너무나 귀하기 때문에.

이제 미국에서 산 지도 20년이 다 되어간다. 그리고 나는 이곳에서 각자의 삶이라는 창조 작품이 모두 다르고, 내 삶은 내가 주체적으로 조각해야 한다는 사실을 더욱 깊이 깨닫는다. 미국에 온 지 얼마 되지 않았을 때는 이곳 사람들이 개인의 독특한 개성을 당연히 여기고, 각자 다른 의견을 마음껏 표현하도록 장려해주는 문화가 무척 낯설게 느껴졌다. 이를테면 식당에서 메뉴를 고를 때조차 그러했다. 한국에서는 여럿이서 식당에 가면 메뉴를 '통일'하는 것을 일종의 미덕으로 여기곤 한다. 그런데 미국에서는 한 가지 메뉴를 주문하더라도 "Soup or salad(수프로 드릴까요, 샐러드로 드릴까요)?"라거나 "How do you want your steak cooked(스테이크 어떻게 구워드릴까요)?" 하고 개인의 의사를 묻기 때문에 오롯이 나의 결정으로 고른 메뉴를 먹게 된다. 이처럼 미국에 살면서는 사소한 일에도 내 의견을 구체적으로 물어보는 것에 적응해야 했다.

이렇게 늘 내게 선택권이 주어지고 내가 원하는 것을 표현해야 하는 일에 익숙해지고 나니 통일하지 않았을 때 오는 장점도 많다는 것을 배웠다. 남들과 달라도 괜찮다고, 남들에게 인정받지 못해도 괜찮다고 나에게 너그러워지는 법을 배웠다. 사회나 다른 사람들이 기대하는 것에 나를 맞추기보다는 내 진심을 따라 살 때 숨통이 탁 트인 듯한 자유로움을 만끽해보았기 때문이다.

돌이켜보면 나는 삶의 여러 갈림길에서 고집스러울 만큼 내가 진정으로 하고 싶은 일들을 찾으며 살아왔다. 의대를 선택한 것도, 미국으로 훌쩍 날아온 것도, 또 이곳에서 미국 의사 면허를 따고 여러 병원과 연구소에서 경력을 쌓은 것도, 정신과를 고수한 것도, 지금까지 볼티모어라는 낯설고 험한 지역에서 의사로 살아온 것도 모두 다른 사람의 기대나 생각이 아닌, 오직 내 진심을 따른 결과였다. 덕분에 고생도 많이 하고 실패도 했다. 무엇보다도 심각한 병에 걸려 인생에서 가장 중요한 건강까지 잃어보았다. 그럼에도 나는 내 삶에 후회가 없다. 나 자신이 뿌듯해할 수 있는 삶을 살았기 때문에. 위험이나 실패를 피하기보다 당당히 맞서 도전하고 과감히 뛰어들어 보았기 때문에.

　　지금부터 용기를 내어 내 이야기를 시작해보려 한다. 찬찬히 내디뎌온 내 발자취와 조금은 보편적이지 않은 내 경험들이, 삶의 무게에 지친 이들에게 위로를 전해주고, 진실한 자아상을 찾고 진심이 말해주는 삶을 하루하

루 조각해나가길 꿈꾸는 이들에게 조금이라도 도움이
된다면 나는 한없이 기쁠 것이다.

2020년 가을

미국 메릴랜드에서

지나영

Follow Your Heart

1장

왜 이런 일이
내게 일어난 걸까

파랗고 구름 한 점 없는 하늘에 햇볕이 따스한, 그러나 바람만은 차가운 2017년 11월의 어느 가을날이었다. 그날은 처음으로 병원 주사실에 가 정맥 수액을 맞는 날이었다. 나는 낮은 혈압과 순환혈류를 증가시키기 위해 생리식염수 2리터를 맞기로 되어 있었다. 주로 암 환자들이 항암 주사를 맞으러 오는 곳이니 힘든 환자들을 위해 편안한 분위기로 조성된 주사실일 것이라 기대했다. '아마 햇살이 잘 드는 창밖으로 예쁘게 손질된 정원이 보이는 그런 곳이겠지' 하는 상상도 했다.

그날 아침도 일어나서 겨우 밥을 챙겨 먹기가 무섭게 머릿속이 뿌예지는 것 같은 어지럼증과 심한 피로감이 덮쳐왔다. 그 무거운 몸을 이끌고 힘겹게 10분을 운전해 암센터 주사실로 향했다. 자율신경계 이상으로 깊은 잠을 잘 수 없었기 때문에 이렇게 피곤이 몰려올 때는 그저

마음이 흐르는 대로

누워서 자고 싶다는 생각이 간절해진다. 조금 기다렸다가 간호사를 따라 주사실로 들어갔다.

"거기 아무 의자나 골라서 앉으세요."

구석진 작은 방에는 치과에서나 볼 법한 하늘색 의자들이 비좁게 놓여 있었다. 작은 창문 밖으로는 예쁘게 손질된 정원은커녕 낙엽이 지저분하게 흩어져 있는 콘크리트 마당만 보였다. 화장실에 가기 편하도록 가장자리 의자를 골라 앉았다. 당시에 나는 혈압을 올리기 위해 1만 밀리그램도 넘는 소금약과 함께 하루 3~4리터에 달하는 엄청난 양의 물을 마시고 있던 터라, 정맥 수액을 맞는 잠깐 동안에도 링거 거치대를 끌고 두세 번 정도 화장실에 가야 했다. 서 있거나 앉아 있으면 혈압이 계속 떨어져서 얼굴에 핏기가 빠진 채 새하얗게 되기 일쑤였다. 그럴 때면 구역질과 함께 심한 어지럼증이 찾아왔고, 종종 기절하듯 까무룩 정신을 놓을 뻔하기도 했다. 이런 증상들은 누워 있다 보면 그나마 조금씩 회복되었기 때문에 평소에는 대부분의 시간을 누워서 지낼 수밖에 없었다.

내 증상은 그해 5월에 갑자기 시작된 이후로 점점 더

심해지기만 했다. 9월 초부터는 일도 하지 못하는 지경에 이르렀고, 직장에 장기 병가를 낼 수밖에 없었다. 아무도 내 병이 무슨 병인지 명확히 진단하지 못한 채 반년이 흐른 11월 초에야 가까스로 자율신경계 장애 중 하나인 '신경매개저혈압neurally mediated hypotension'이라는 진단을 받았다. 그 후 각종 집중 약물치료에도 별 호전이 없었던 탓에 이제는 일주일에 3일, 하루에 2리터씩 수액을 맞으며 반강제적으로 혈압을 올려보기로 한 것이었다.

일하러 가지도 않고 집에서 쉬면서 밥만 챙겨 먹는 것이 나의 주된 일과였음에도 극심한 피로가 가시지 않는 게 미스터리였다. 아이가 두세 명 있는 엄마가 하루 종일 일하면서 아이들을 돌보고 집안 살림까지 도맡아 한다고 하면 만성피로라는 말이 절로 나올 것이다. 그런데 나는 그야말로 '놀고먹고' 있는데도 그전에 겪어본 피로와는 비교도 되지 않을 만큼 손가락을 움직일 힘도, 말을 할 힘도, 심지어 머리를 들 힘조차 내지 못했다. 마치 내 몸이 땅바닥으로 푹 꺼지는 것 같은 무거운 피로감이 아침부터 밤까지 계속 이어졌다.

이런 몸을 이끌고 의자에 앉았으니, '수액을 맞는 동안만이라도 푹 쉬어야지' 하는 마음으로 다급히 의자 등받이를 젖혔다. 그런데 이것이 침대처럼 완전히 펴지지 않고 고작 45도 기울어지고는 멈추는 게 아닌가. 예전 같았으면 아무렇지 않았을 일이었지만 그때의 나는 그러지 못했다. 급속하게 떨어지는 에너지를 충전하지 못한다는 실망감에 거의 눈물이 날 지경이었다. 2리터의 수액을 맞는 동안 45도로 기대 앉아 두세 시간을 버틴다는 건 내겐 엄청난 고역이었다.

　　'아니, 지치고 힘든 암 환자들이 항암 치료를 받는다는 곳에서 편하게 누워 쉴 수 있는 자리를 마련해줘야지. 이게 뭐야!' 그렇게 화가 치밀어 오르자 내 심장박동 수가 급격히 증가하면서 심장이 쿵덕쿵덕 거세게 뛰기 시작했다. 가슴이 답답하게 조여오는 느낌이 들었다. 이렇게 감정적으로 흥분하는 것은 자율신경계 환자들을 참으로 괴롭게 한다. 나의 망가진 자율신경계는 내가 조금만 흥분해도 마치 바로 옆에서 폭탄이라도 터진 듯(더 정확히는 늑대 무리에게 내가 산 채로 잡아먹히는 상황에 놓인 듯) 심장이 뛰고 호흡이 가빠지며 가슴이 답답한 증상을 일으켰다. 심호흡을 길게 들이마시고 다시 내쉬었다. 과도하게 반응하는 나의 고장 난 자율신경계를 진정시켜야 했다. 흥분 반응이 지속되면 얼마 남지 않은 에너지마저도 급속히 소진되어버릴 테니.

'괜찮아, 눕지 못해도 괜찮아. 그냥 평소처럼 명상을 하면서 최대한 쉬어보는 거야. 괜찮아.' 스스로에게, 아니 내 자율신경계에게 이렇게 되뇌었다.

주사실에서 일한다고 보기에는 매우 서툰 간호사가 세 번을 실패한 후에야 결국 다른 간호사를 불러 겨우 혈관을 잡는 데 성공했다. 그제야 차가운 수액이 내 몸속으로 죽 들어왔다. 안 그래도 주사실 공기가 서늘했는데 이제는 몸속부터 피가 차가워지고 있으니 그야말로 냉혈동물이 된 것 같았다. 뼛속까지 느껴지는 냉기에 이가 부르르 떨렸다. 추위에 심하게 시달리는 것도 너무나 괴로운 자율신경계 이상 증상 중 하나였다. 5월에 아프기 시작해서 이 몸 상태로 한여름을 보냈는데 35~40도에 육박하는 더운 날씨에도 에어컨은커녕 전기장판을 틀고, 아래위로 내복과 겨울옷을 예닐곱 겹 껴입어야 몸에 느껴지는 한기를 좀 떨쳐낼 수 있었다. 몸이 더 안 좋은 날

마음이 흐르는 대로

에는 몸 여기저기에 핫 팩을 여러 개 붙이고 이불을 둘둘 감은 채 덜덜 떨면서 잠을 자야 했다. 침실이 너무 더웠던 탓에 남편은 거의 벌거벗다시피 하고도 땀을 비 오듯 흘렸고, 결국엔 아래층에 내려가 에어컨을 틀고 소파에서 잤다. 결혼한 지 1년도 안 된 신혼 부부를 한 지붕 아래 살면서도 '별거'하게 만든, 이 이상하리만큼 심한 오한과 비정상적인 체감이 계속되는데도 의사들은 도통 원인을 찾지 못했다. 검사를 거듭해도 대체로 몸에는 별 문제가 없다는 의견이 전부였다.

'다음엔 휴대용 전기장판을 꼭 가져와야지.' 불편한 의자에 기대 누워 가까스로 눈을 붙이고 잠을 청했다.

왜애애앵- 히터 돌아가는 소리가 거슬렸다. 잠을 청해보려 노력할수록 옆 사람이 틀어놓은 텔레비전 소리, 약을 넣어두는 냉장고의 백색소음, 톡탁톡탁 간호사의 타이핑 소리, 바깥 복도에서 말하는 사람들의 소리, 또 내 수액 기계에서 울리는 딸깍딸깍하는 소리까지 온갖 잡음들이 더 선명하게 들려와 머리가 아팠다. 더 최악인 것은 수액 기계가 딸깍거릴 때마다 수액 줄이 흔들리면서 내 피부와 정맥에 그 움직임이 그대로 느껴진다는 것이었다. 핏줄을 잡아당기는 듯한 괴로운 느낌에 줄을 확 뽑아버리고 싶은 심정이었다. 이런 느낌을 의사에게 호소한다면 그는 나를 매우 예민한 신경증적neurotic 환자라고 했을 테지. 의사들이 환자를 잘 이해하는 것처럼 보여도 직접 환자가 되어보기 전에는 그렇게 피부로 느껴지는 고통을 하나하나 알 수 없기 마련이니 말이다.

발병 몇 주 후부터 머리가 쪼개지는 듯한 두통에 시달리기 시작하면서 나의 모든 감각은 극도로 예민해졌다. 텔레비전이나 휴대전화 같은 스크린을 들여다보면 눈이 시렸다. 컴퓨터 모니터에 보이는 까만 글자를 읽는데도 눈이 너무 아팠고, 두통과 어지럼증과 구역이 더 심해져서 실내에서 선글라스를 써야 할 정도였다. 소리에 대한 두통 반응은 더욱 심했다. 남편이 텔레비전을 볼 때는 소리를 줄여달라고 실랑이하기가 싫어서 위층 침실에 가 커튼을 닫고 귀마개를 낀 채 두통이 사그라들기를 기다릴 수밖에 없었다.

병을 겪기 전까지만 해도 나는 친구들과 이웃들을 모

아서 독서 모임을 하고 파티를 벌이는, 몇 주가 멀다 하고 밖에 나가 어울려 놀기를 좋아하는 그런 사람이었다. 무슨 행사가 있다 하면 절대로 빠지는 법이 없을 만큼 호기심과 에너지가 넘쳐났다. 그랬던 내가 이제는 꺼져가는 촛불처럼 아슬아슬한 에너지만 남은, 빛과 소리와 촉감과 누군가와의 만남이 다 거슬릴 정도로 예민해진, 알아보기 어려울 만큼 변해버린 이 병든 몸 안에 갇히고 말았다.

'어쩌다 내가 여기까지 왔을까…….' 힘들지만 애써 눈을 감고 잠을 청했다. 그때까지만 해도 나는 이 고통이 얼마나 오래갈지 전혀 알지 못했다.

어느 날 갑자기
삶이 멈추었다

2017년 봄, 내가 일하는 존스홉킨스 Johns Hopkins의 소아 정신과 교수들이 모두 모인 수련회 자리에서 각자 1년 동안 있었던 일 중 가장 중요했던 일을 하나씩 이야기해보는 시간을 가졌다. 정신과 의사들뿐만 아니라 심리학부터 교육학 교수들까지, 교수진만 해도 무려 70여 명에 이르러서 같이 일하는 사이가 아니면 서로의 안부를 잘 모르고 지내는 경우가 많았다. 내 차례가 되었고 나는 자리에서 일어나 이렇게 말했다.

"오래 살다 보니 불가능해 보이는 일이 이루어질 때도

있더라고요."

모두들 내가 대단한 연구를 해냈거나 위대한 발견이라도 했나 싶어 숨을 죽였다.

"제가 결혼을 했습니다."

그 순간 박장대소가 공간을 가득 메웠다. 내가 마흔이 넘도록 결혼도 안 하고 남자친구도 없이 혼자 지내왔다는 걸 알 만한 사람들은 모두 알고 있어서, '거의 불가능해 보이던' 결혼을 드디어 했다는 소식이 한동안 교수들 사이에 재미있는 이야깃거리로 회자되었다.

결혼에 대해 별 기대도 없던 내가, 곰같이 죽어라 일만 하던 착한 의사를 만나 결혼하게 될 줄 누가 알았겠는가. 그때까지만 해도 내 인생은 아무런 걱정 없이 순탄하게 흘러갈 줄만 알았다. 미국에서 자리 잡은 정신과 교수이자 순한 의사 남편을 둔 아내로 그렇게 살아갈 줄로만 알았다.

나는 의사로서의 삶이 나의 소명calling이라고 생각한다. 어릴 때부터 과학을 좋아했고 특히 생물학과 물리학에 관심이 많아서 늘 과학자가 되고 싶다는 생각을 했다. 그러던 중 고등학교 2학년 때 갑자기 아버지가 신장결핵 진단을 받고 병원에 입원하는 일이 생겼다. 온 동네가 다 떠나갈 듯 쩌렁쩌렁한 목소리에 늘 자신감 넘치던 아버지가 하루아침에 환자복을 입고 병상에 누운 채 쇠약해진 모습을 보면서, 나는 병이라는 게 한 사람과 그 가족의 삶을 얼마나 예상치 못하게 변화시키는지 똑똑히 경험했다. 그래서일까, 다른 분야의 과학보다는 의학이라는 과학이 누군가의 삶에 더 직접적인 도움을 줄 것이라 생각했다. 결국 공대가 아닌 의대에 지원하기로 마음먹었고, 다행히 의과대학에 전액 장학생으로 합격했다.

내가 의과대학을 다니던 곳인 대구는 당시만 해도 남녀 차별이 무척 심한 곳이었다. 그 속에서 어려움을 겪던 나는 대구를 떠나 의정부성모병원에서 인턴 생활을 시작했고, 이후 원하던 레지던트 프로그램에 지원했지만 낙방했다.

서글픈 실패였지만 그때까지만 해도 나는 무엇이든 해낼 수 있다는 자신감이 있었다. 그깟 프로그램 1년 후에 다시 지원하기로 하고 그저 '재수하는 동안 미국 의사 면허증이나 따자' 하는 가벼운 마음으로 별 준비도 없이 미국으로 떠났다. 그 후 미국에서의 생활은 전혀 예상치 못한 방향으로 흘러갔다. 하버드 의과대학 뇌영상연구소에서 연구 경

마음이 흐르는 대로

력을 쌓고, 미국 의사 국가고시 전 과정을 전국 최상위 성적으로 통과하는 바람에 뜻하지 않게 미국에 눌러앉게 되었다. 그렇게 미국에서 정신과 레지던트와 소아정신과 펠로우 과정에 합격했고, 수련을 마친 후에는 존스홉킨스에 교수진으로 합류하여 케네디크리거인스티튜트Kennedy Krieger Institute(존스홉킨스 의대 연계 병원)에서 일하게 되었다. 이후로도 임상 강사에서 조교수로 어렵지 않게 승진하는 등 내 인생은 미국에서 순조롭게 자리 잡아가고 있었다.

그렇게 나는 소아정신과 의사로서 쉴 새 없이 바쁘게 살았다. 빠르게 달려가지 않으면 이 소중한 기회와 시간이 그저 흘러만 가다가 사라질 것이라고 생각했다. 그런 생각에 누구보다 열심히 일했고, 내게 맡겨진 일은 빈틈없이 해내려고 노력했다. 2017년 5월 12일, 지나영이라는 고속 열차가 큰 바위를 들이받은 듯 완전히 멈춰버리기 전까지는.

그때 남편과 나는 결혼한 지 6개월 남짓 된 신혼부부로, 아직 우리 두 사람이 함께 살 집을 장만하지 못한 채 주말부부로 지내고 있었다. 나는 존스홉킨스와 케네디크리거가 있는 볼티모어에 방을 얻어 평일 동안 지내고, 금요일이 되면 남편이 있는 알렉산드리아까지 두 시간 넘게 운전해 가곤 했다. 남편은 알렉산드리아에서 비뇨기과 의사로 일하고 있었고 당직과 응급수술로 늘 바빴기 때문에 움직이는 건 항상 좀 더 시간적 여유가 있는 내 쪽이었다.

그날도 금요일이었다. 남편이 사는 집으로 운전해 가는데 갑자기 등 쪽에 근육통이 느껴졌다. 오랜 시간 운전을 해서 허리가 좀 뻐근한 적은 있었지만 그런 통증과는 느낌이 달랐다.

'어제 복싱을 너무 심하게 해서 그런가?' 몇 주 전부터 프로 복싱 선수들이 훈련하는 볼티모어 체육관에서 복싱 클래스를 듣고 있었던 터라, 그저 복싱 클래스로 인한 근육통이겠거니 하며 대수롭지 않게 넘겼다. 그런데 등에만 느껴지던 통증이 두 시간 사이에 온몸으로 퍼져나갔다. 겨우겨우 남편 집에 도착했을 때는 곤죽이 된 채로 반쯤 기어서 방에 들어가야 할 정도였다. 머릿속으로 의대 시절에 배운 내용들을 더듬어보았다.

'두 시간 만에 급속하고 심하게 진행되는 걸 보니 박테리아성 감염인가?' 운동을 꾸준히 해온 데다가 지난 몇 년 동안은 잔병치레도 거의 하지 않을 만큼 건강했으니, 그때까지만 해도 큰 병일 거라고는 전혀 짐작하지 못했다.

'이제 막 시작한 복싱 때문에 몸살이 왔나 보지. 푹 쉬면 괜찮아질 거야.'

곰곰이 생각해보니 2012년에도 비슷한 일이 있었다. 미열이 오르고 오한, 기침이 나타나는 등 감기 증상이 5월 즈음 시작되어 한여름이 다 가도록 그치지 않고 몇 개월간 지속되었던 기억이 났다. 혹시 그때처럼 감기가 오래갈까 봐 더럭 겁이 나, 난방을 최대한 돌리고 온몸에 이불을 둘둘 말고는 토요일 낮까지 푹 자고 쉬기만 했다.

"당신 몸은 좀 괜찮아? 오늘 저녁 알리 왕 쇼에 갈 수 있겠어?"

토요일 아침, 남편이 걱정스레 물었다. 하필 그날이 내 생일이었던지라 남편이 내가 좋아하는 유명 코미디언의 쇼를 예약해놓았던 것이다.

"근육통은 어제에 비해 많이 나아진 것 같아. 푹 자고 나니까 기운도 좀 돌아왔고. 아직 한기는 가시지 않았는데, 따뜻하게 옷 입고 가면 안 될까? 쇼는 꼭 보고 싶은데……."

5월의 버지니아주는 꽤 따뜻한 편인데도 옷장에 넣어둔

겨울옷을 꺼내 입고 집을 나섰다. 그렇게 나는 남편과 친구들과 함께 두 시간이 넘도록 공연을 보며 배꼽이 빠져라 한바탕 웃다가 집에 돌아왔다.

그렇게 마구 웃고 즐길 날이 그날 이후로 몇 년간 다시 오지 않을지 누가 알았을까. 그다음 날부터 시작된 고통과 고생은 실로 대단했다. 그때부터 시작된 근육통과 오한은 장장 2년 동안이나 지속되었다.

발병한 지 2주가 지났을 무렵, 몸살 기운이 조금 나아진 것 같아 기운을 내어 책상 앞에 앉았다. 밀린 일들을 처리하고 있는데 또다시 머리가 지근지근 아파왔다. 잠깐 쉴 겸 2층에 있는 화장실에 가려고 천천히 계단을 올라갔다. 2층에 다 올라올 무렵이었을까. 갑자기 심장이 빠르게 뛰는 것이 느껴졌다. 동시에 심한 현기증이 나면서 시야가 캄캄해지더니 갑자기 천장이 핑 하고 돌았다. 나는 순간적으로 중심을 잃고 계단 앞에서 넘어지고 말았다. 가까스로 화장실 문을 잡고 버틴 덕분에 겨우 계단에서 굴러 떨어지는 일은 면했으나, 어지러운 와중에도 순간 가슴이 철렁했다. 무언가 잘못되고 있는 것이 틀림없었다.

'뭐지? 내 몸에 뭔가 심각한 상황이 벌어지고 있는 것 같은데.' 잠시 안정을 취하고 근처 병원으로 가 검사를 받아보았다.

"빈맥(빠른 맥박)과 서맥(느린 맥박)이 반복되고 혈압이 낮은 것 외에는 별 이상이 없어 보이네요. 심혈관내과에 가서 정밀 검사를 받아보세요."

다음 날 찾아간 심혈관내과에서는 내가 기립성빈맥증후군postural orthostatic tachycardia syndrome인 것 같다고 하며 소금약을 처방해주고 물을 많이 마시라고 했다. 하지만 계속되는 오한과 두통과 피로감에 대해서는 별다른 설명이 없었다. 이날 의사가 지나가듯 말한 '기립성빈맥증후군'이 포함된 자율신경장애가 결국 나의 병이었는데, 그때만 해도 나나 담당 의사나 이 병에 대해 깊게 알지 못했기에 가볍게 흘려 듣고 넘겼다. 그저 일어서면 빈맥이 되고 어지러워진다고 생각했을 뿐.

그 이후 몇 개월간은 내 몸 하나하나가 고장 나는 것을 어리둥절하게 지켜보면서 이유도 모른 채 고통받는 나날을 보내야 했다. 머리에 전기 충격을 가하는 것 같은 극심한 두통은 편두통과 비슷했지만, 약을 먹거나 잠을 자고 일어나도 쉬이 사그라들지 않고 며칠 또는 몇 주씩 계속되었다. 남편은 그때 내가 방에서 고통으로 신음하며 끙끙대는 소리를 자주 들었다고 이야기했다.

몇 주간 고통에 몸부림치던 어느 날 밤, 갑자기 위장이 뒤틀리듯 아파 잠에서 깼다. 몇 년 전에 급성 충수돌기염(맹장염)으로 수술한 적이 있었는데 그때 느낀 통증보다도 더 심한 통증이었다. 결국 남편을 깨웠다.

"자기, 나 지금 배가 너무 아파. 아무래도 통증 정도를 보니 장중첩증이나 장폐색증(장이 막힌 것) 아닌가 싶은데."

급히 응급실에 갔다. 엑스레이를 찍고 여러 검사를 거쳐 수액을 맞았다. 의사가 결과를 설명하려 다가왔다.

"엑스레이, 피검사, 소변검사 모두 아무 이상이 없네요. 푹 쉬면 회복될 겁니다."

'이렇게 장이 끊어지는 것처럼 통증이 심한데 아무 이상이 없다고?' 의아했다. 하지만 수액을 맞고 약을 먹으니 통증이 어느 정도 잦아들었다. 그렇게 아무런 원인도 밝히지 못한 채 그냥 집으로 돌아왔다.

힘겨운 날은 계속되었다. 새벽마다 잠을 이룰 수 없었다.

마음이 흐르는 대로

한여름인데도 피부는 얼음장같이 차가웠고 뼈마디에 한기가 느껴졌다. 이해 못 할 상황이 계속되면서 감염, 내분비, 류머티즘, 소화기내과와 정형외과, 신경과 등 여러 의사들에게 진료를 받았지만 다들 검사상 특별한 이상은 없다는 말만 되풀이했다.

'왜 내 몸이 한꺼번에 우르르 무너져버리는 걸까?'

그 어떤 의사도, 수많은 검사도 이러한 내 질문에 명확한 답을 주지 못했다. 진단을 알 수 없으니 답답해 미칠 지경이었다.

의사로서 지금 와 돌이켜보면 당시 상황은 이러했던 것 같다. 5월 12일에 갑자기 일어난 오한과 근육통은 바이러스나 박테리아에 의한 심한 감염 증상인데, 간혹 우리 몸에서 감염과 싸우기 위해 일어난 면역반응이 잘못되어 오히려 자신의 몸을 공격하게 되는 '자가면역' 반응을 일으킬 수 있다. 나의 경우, 이 자가면역 반응이 자율신경계를 공격한 것이었다. 자율신경계는 대뇌·소뇌·척수와 같은 중추신경계가 아닌 말초신경계 중 하나로, 신체의 주요한 기능인 체온·맥박·혈압·위장관계·호흡계·수면 등을 조절하는 역할을 한다. 이때 교감·부교감 신경이 길항작용(교감신경이 혈압과 맥박을 올리고 부교감신경은 이를 내리는 것 같은 상반된 작용)을 하며 균형을 이루어 조율하게 된다. 이러한 조율 기능은 중추신경계 등 다른 신경계에서 일어나는 것과 달리 우리가 의식하지 않는 상황에서 '자율적'으로 이루어지고, 대체로 생각과 의지로는 조절이 불가능하다(심장박동과 위장운동을 조절할 수 없듯이). 나의 경우 이러한 자율적인 조율 기능에 심각한 장애가 오면서 오한·빈맥·서맥·저혈압·어지럼증·두통·수면장애·위장장애 등이 동시에 줄줄이 나타난 것이었다.

이런 내 설명을 듣고 의대 동기 중 하나가 이런 농담을 했다.

"나영이가 워낙 자유롭다 보니 자율신경계도 주인 따라 너무 자유로워졌나 봐."

그만큼 나는 남들보다 유난스러울 정도로 규율을 싫어했다. 그 누가 봐도 내 마음대로 사는 듯 보이는 자유로운 사람이었다. 의대 시절에도 내가 중요하게 생각하는 일이 있으면 심심치 않게 수업을 빠졌고, 심지어 시험까지 빼먹기도 했다(의대에서 이런 일은 정말 흔치 않다. 당시 학교에서는 난리가 났다). 그러던 내가 이제는 규율을 따르길 거부하는 나의 자율신경계의 반란에 힘겨워하게 된 이 아이러니한 상황을, 내 동기가 잘 집어내 비유한 것이었다. 마치 이병이 지금껏 내가 누려온 자유의 혹독한 대가인 것처럼.

술에 취한 채 단상 위에서 마구 팔을 휘젓는 지휘자를 보고, 오케스트라 단원들이 어떻게든 곡을 연주해보려고 애쓰지만 결국에는 엉망이 되어버린 교향곡처럼, 나의 각종 장기와 기관들은 자율신경계의 지휘를 잃은 채 아수라장이 되어 갈팡질팡하다가 하나둘 무너져버리고 말았다. 몸이 우르르 무너지면서 결국 쉴 틈 없이 질주하던 내 인생도 함께 급정지할 수밖에 없었다.

의사인 나조차
몰랐던 내 병 ────────

전라도 나주 농부의 집안에서 태어난 내 어머니는 6·25
전후 시절에도 배곯았던 일이 없었을 만큼 별 고생 없이 부
모님의 사랑을 듬뿍 받으며 유년시절을 보냈다. 중학교를
졸업한 뒤 학업을 접고 서울에서 공부하던 큰오빠를 돕기
위해 상경했는데, 그때 돈을 벌기 위해 잠시 서울에 와 있던
경상도 사나이인 우리 아버지를 만났다. 그러고는 계모 밑
에서 자란 경상도 상놈에게는 절대 시집 못 보낸다는 부모
님의 반대를 무릅쓰고 아버지를 따라 대구로 훌쩍 떠나버
렸다고 한다. 매우 간이 컸던, 아니면 사랑에 눈이 멀어버렸

던 내 어머니, 우리 어머니.

아무런 연고도 없고, 사투리가 심해 사람들의 말마저 알아듣기 힘든 대구에서 아버지만 바라보고 살면서도 어머니는 '잘 웃는 새댁'으로 통했단다. 가진 것 없는 형편에 김치를 담가 팔고, 시장 한복판에 쭈그려 앉아 노상 장사를 하고, 아버지를 도와 가내공장을 운영하면서 언니와 나를 키웠다. '지금 좀 고생하더라도 나중에는 형편이 피겠지.' 이 일념 하나로 쉴 틈 없이 일을 하면서 자랄 때는 몰랐던 고생이란 고생은 다 했다고 한다. 외할머니는 그런 큰딸을 보러 대구에 올라오시면 고생에 찌든 딸의 얼굴을 보고 울면서 돌아가신 적도 많았다.

내가 의대에 다닐 무렵 어머니의 나이는 지금의 내 나이와 같은 40대 중후반이었다. 어머니는 항상 심하게 피곤해하며 자주 누워 있었는데 그 모습을 보고 학교에서 정신과 강의 때 배운 만성피로증후군일 것 같다는 생각이 들어 어머니를 동네 정신과에 모시고 갔다(당시만 해도 만성피로증후군은 정신과적 질환으로 여겨졌다). 그때는 어머니가 아버지와의 갈등과 시장에서의 바쁜 장사 때문에 스트레스를 받아 저렇게 시름시름 앓고 피로해하시는 줄로만 알았다.

그리고 아이러니하게도 꼭 내가 어머니의 증상을 그렇게 생각했듯이, 나를 진료해준 의사들도 내 증상의 원인을 똑같이 의심했다. 바쁜 의사 생활과 신혼 생활에서 오는 스트레스 때문이라고.

증상이 나타나고 한 달 후인 2017년 6월, 내가 심하게 아파 직장에도 잘 나가지 못한다는 소식을 듣고 어머니는 한달음에 미국으로 달려오셨다.

"나영아, 엄마가 앓고 있는 병이 너한테도 왔는가 보다."

어머니는 내가 앓는 증상이 당신의 것과 같은 것은 아닌지 덜컥 겁이 나 그제야 당신이 그 증상으로 얼마나 심하게 고생했는지 내게 털어놓으셨다.

"니가 미국에 가고 나서 몇 년 동안 머리가 너무 아프고 어지러워서 잘 일어날 수가 없을 정도로 안 좋았는데, 병원에서 MRI도 찍고 온갖 검사를 다 해봐도 아무 이상 없다 했거든."

"엄마 내한테 말하지 왜 안 했노?"

"우리 딸 미국에서 혼자 고생하고 있는 것도 안됐구만, 걱정만 할까 봐 말 안 했지."

그렇게 홀로 고생해왔을 어머니를 생각하니 마음이 아렸다.

게다가 어머니의 여동생인 두 이모와 이모의 딸 한 명도 어지럼증과 두통과 극심한 피로로 몇 년째 고생을 하고 있다고 했다. 모계 여성 쪽으로 가족력이 있는 게 분명했지만 모두 명확한 병명을 알지 못했다.

"이 병이 웃긴 게 쉬고 놀면 나아지고, 또 일할라고 하고 스트레스 받으면 안 좋아지는 병이더라. 우리 식구들이 '공주병'이 있다 아이가. 공주같이 지내야 좋아지는 병." 어머니가 농담을 하며 웃었다.

"나영이 너도 이제 스트레스 안 받고 계속 쉬어야 된다. 안 그람 고생 많이 한다."

나는 어머니의 말을 믿지 않았다. 제대로 진단받고 치료받기만 하면 몸도 좋아지고 일도 계속할 수 있을 거라 확신했다. 하지만 내 병은 그리 호락호락하지 않았다. 어머니의 극진한 간호에도 불구하고 증상은 점점 더 심해지기만 했다. 속이 울렁거리고 어지러워서 잠시 앉아 있기도 힘들었다. 생각 자체를 하기가 어려울 만큼 머리가 아팠다. 자주 쓰던 단어도 떠오르지 않았다. 어머니가 그랬듯 나 역시 그저 누워 있을 수밖에 없었다. 남편은 내가 호모 사피엔스가 아니라 '호모 수파이너스(의학용어로 수파인supine이 누워 있다는 뜻이다)'와 '호모 코마토스(의학용어로 코마토스comatose가 혼수상태라는 뜻이다)'를 왔다 갔다 한다고 이야기할 정도였다.

인간의 조상이 손과 발로 기어 다니다가 두 발로 서서 걸을 수 있는 호모 에렉투스(호모 사피엔스의 직계 조상으로 '서 있는 사람'이라는 뜻)로 진화한 것이 크나큰 성취였다면, 나는 호모 사피엔스에서 다시 호모 에렉투스보다 못한 종으로 퇴화한 셈이었다. 단순히 걷기가 힘든 것이라면 휠체어를 타고 다니면 되는데, 나는 앉아 있는 것조차 어려우니 할 수 있는 일이 거의 없었다. 그저 땅바닥에 붙어 지내는 '호모 수파이너스' 신세가 될 수밖에 없었다.

이런 상황에서도 가동할 수 있는 모든 뇌세포를 짜내 뇌를 공부한 정신과 의사 입장에서 궁리해보았다. 빛에 예민한 것photosensitivity, 그리고 소리에 예민한 것phonophobia은 편두통 또는 뇌염이나 뇌막염에서 흔히 보이는 증상으로, 뇌의 병리에 의해 이러한 증상이 일어난다는 사실은 잘 알려져 있었다.

'도대체 무엇이 문제일까? 꼭 뇌에 염증이 있는 것 같은 증상인데. 이렇게 갑자기 심해진 증상에는 분명 원인이 있을 텐데 왜 검사에서는 별 이상이 나오지 않는 걸까?' 그때 1년 전 들었던 존스홉킨스 소아과 의사인 피터 로 교수의 강의가 떠올랐다. 청소년기 만성피로증후군에 관한 강의였는데, 심한 피로감과 기립불내증orthostatic intolerance(서 있기 힘든 증상)이 주된 증상이었다. 그길로 급히 로 교수에게 상담을 요청했다.

"지 선생의 증상과 발병 경과, 가족력 등을 들어보니 아무래도 자율신경계 장애인 기립성빈맥증후군과 만성피로증후군 증상인 듯 보이네요."

"저도 그렇게 생각했는데, 그럼 어떻게 치료를 진행하면 될까요? 서 있거나 앉아 있을 때 오는 두통과 어지럼증, 그리고 심한 피로감이 가장 큰 문제입니다."

"안타깝게도 현재 기립불내증으로 오는 증상에는 특별한 치료가 없어요. 오래 앉아 있거나 서 있는 것을 피하고 자주 휴식을 취하는 수밖에요. 물을 많이 마시고 소금을 대량으로 섭취하여 혈압과 뇌로 가는 혈류를 올려주면 어지럼증이나 피로감에 도움이 될 거예요."

'별 뾰족한 치료 방법이 없다고……?' 실망감에 맥이 탁 빠져버렸다.

장장 5개월에 걸쳐 열두 명도 넘는 전문의를 만나고 응급실도 서너 번 드나들며 이런저런 검사를 받았지만 어느 누구도 내 증상의 원인을 명확히 설명하거나 치료 방안을 제대로 제시하지 못했다. 그러자 대부분의 의사들이 우울증을 의심하기 시작했다. 항우울제와 항불안제를 처방해주는 의사도 여럿 있었다. 별다른 항의 없이 처방전을 받아 오긴 했지만 약을 먹진 않았다. 타고난 성격이 불안과 우울과는 거리가 멀고 늘 밝고 명랑한 게 내 최고의 장점이었다. 미국 유학 시절에도 스트레스는 받을지언정 우울해진 적은 없었고, 항상 내일은 오늘보다 더 나아질 것이라 믿으며 희망적으로 살아온 나였다. 더군다나 내겐 주요 우울증major depression의 핵심 진단 기준인 지속적으로 우울한 기분과 여러 가지에 전반적으로 흥미를 잃는anhedonia 증상이 전혀 없었다. 오히려 하고 싶은 것은 많은데 몸이 안 따라주는 상황

마음이 흐르는 대로

이었다. 나의 증상이 우울증 증상과 유사해 보일 수는 있어도, 그것이 절대 아니라는 건 정신과에 몸담은 지 15년이 다 되어가는 나 자신이 더욱더 잘 아는 사실이었다.

그렇지만 열 명도 넘는 의사들이 우울증 같다는 소견을 보이니, 우울한 나 자신을 부정하고 있는 건 아닌가 하는 생각이 스멀스멀 올라왔다. 남편에게도 의견을 구했다.

"자기는 내가 정말 우울한 것 같아?"

"글쎄, 나는 정신과 의사는 아니지만 다른 모든 의사가 당신이 우울한 것 같다고 하니……."

말끝을 흐렸지만 남편 역시 의사들의 소견이 틀리지 않다고 생각하는 눈치였다.

많은 의사가 이런 나의 증상을 신체적 원인이 없는 정신과적 문제로 여기는 것이 억울하고 서러웠지만, 그럴 때마다 나는 '증거의 부재가 부재의 증거는 아니고(Absence of evidence is not evidence of absence)', 신체적인 원인을 '못 찾는' 것이지 원인이 '없는' 것은 아니라고 생각했다. 현대 의학이 눈부시게 발전한 건 사실이나 그렇다고 해서 모든 병이 완벽하게 파악된 것은 분명 아니다. 잘 알려지지 않은 병이 생각보다 많고 아직 원인이 명확히 밝혀지지 않은 병도 허다하다. 뇌파검사가 개발되기 전에 뇌전증(뇌경련) 환자들은 정신질환을 앓는 것으로 치부되었고, 뇌 MRI가 개발되기 전에는 다발성경화증multiple sclerosis도 전환장애 conversion disorder라는 정신질환으로 여겨지지 않았던가. 당시에 가능한 검사로는 원인을 '발견하지 못한' 것인데 의사들은 신체적 원인이 '없다'고 보았고, 따라서 정신질환일 수밖에 없다고 결론지은 것이다.

장장 세 달간 직장을 쉬었다. 몸 상태가 좀 나아진 듯해 방학이 끝날 무렵인 2017년 8월에 복직을 감행했다. 운전을 할 여력이 되지 않아 택시를 타고 뒷자리에 누워 출퇴근하고, 바짝 집중해 일을 마치고 집에 돌아오면 어머니의 그림자 같은 간호를 받았다. 힘들 때도 많았지만 일을 손에서 놓을 수는 없다는 일념으로 기를 쓰고 버텼다. 하지만 내 노력도 딱 거기까지였다.

하루는 케네디크리거 건물 4층에 있는 환자들을 보고 약처방을 바꾸려고 간호사실이 있는 2층으로 내려가고 있었다. 그런데 문득 정신을 차리고 보니 내가 있는 곳이 어디인지 알 수 없었다.

10년간 다녀서 눈 감고도 돌아다닐 수 있을 만큼 익숙한 건물이었다. 위층에서 환자를 보고 2층 간호사실에 내려가는 건 10년 동안 수백 번, 아니 수천 번도 더 했을 일이었다. 그런데 나는 마치 이곳에 처음 온 사람마냥 길을 잃고 엉뚱한 곳에 우두커니 서 있었다. 가슴이 철렁 내려앉았다. 도대체 내 뇌가 얼마나 손상된 걸까.

'원인과 결과cause and effect'라는 쉬운 말이 떠오르지 않아 더듬거렸다. '인지행동치료cognitive behavioral therapy'라는 매일 언급하던 치료법의 이름도 기억나지 않아 환자 앞에서 얼버무리는 지경에 이르렀다. 이런 증상(word finding difficulty, 단어가 쉽게 생각나지 않는)은 초기 치매에서 흔히 나타나는 것으로 사고 능력이 조금씩 떨어지고 있다는 방증이었다. 이러다 정말 정신과 의사로서의 생명이 끝나는 게 아닌가 하는 두려움이 밀려왔다. 이 상황이 얼마나 더 심해질지 무섭기만 했다.

그러다 결국 일이 터지고 말았다. 존스홉킨스 소아정신과 전임의들을 대상으로 강의해야 할 일이 있었는데, 내 몸 상태를 간과하고 두세 시간 동안 강의를 하고 나서 또다시 응급실 신세를 지게 된 것이었다. 어지럼증과 두통과 구역질이 극에 달했고, 이제는 누워서 쉬어도 회복되지 않았다. 심지어 그 무렵 어머니는 90일 무비자 체류가 만료되어 한국으로 돌아가야 했다. 그때 나는 비로소 내 병을 완전히 인정할 수밖에 없었다. 이제는 내가 아무리 노력한다고 해도 일을 계속할 수 없다는 것을. 마음과 의지만으로는 이 병을 결코 이겨낼 수 없다는 것을.

결국 발병한 지 4개월 만인 2017년 9월부터 장기 병가를 냈다. 2000년에 의대를 졸업하고 의사가 된 후 한국과 미국에서 수련을 마치고, 또 교수로서 배우고 가르치면서 오로지 좋은 의사가 되겠다는 일념하에 17년간 달려왔는데, 그런 나의 삶이 한순간에 완전히 멈춰버린 것이었다. 순풍을 탄 배처럼 내가 마음먹은 대로 물 흐르듯 흘러가던 삶에 병이라는 존재가 회오리바람처럼 나타나 나라는 존재를 완전히 휩쓸어갔다.

악몽 같은 4개월이었다. 아니, 이 병이 눈을 뜨면 사라질 악몽이 아니라 계속 진행되고 있는 현실이라는 사실이 여전히 믿기 어려웠다. 한없이 참담하고 억울했다. 늘 힘들어도 포기하지 않고 삶을 극복해온 나로서는 패배를 받아들이기가 힘들었다. 그렇지만 이는 내가 내 의지대로 내린 결정이 아니었다. 내 병이, 아니 내 삶이 나에게 던져준 과제이자 결정이었고 나는 그것에 오롯이 답할 수밖에 없었다.

확진으로 가는
여정

　자율신경계 질환, 그중에서도 기립성빈맥증후군 또는 신경매개성저혈압이 의심되긴 했지만 존스홉킨스에서도 이를 전문으로 보는 의사를 찾기 어려웠다. 관련된 연구를 하던 피터 로 교수는 아쉽게도 소아만 진료했다. 그러던 중 우연히 친구인 정태환 교수의 동영상이 존스홉킨스 홈페이지에 올라온 것을 보았다. 정 교수와는 동갑내기인 데다가 존스홉킨스에서 함께 의사 생활을 하고 있던 터라 친한 사이였는데, 그간 바빠서 연락을 하지 못하던 참이었다. 그는 재활의학과 교수로 근육신경계 병의 전문가였다. 동영상에

　　　　　　　　　　　　　　　　　　마음이 흐르는 대로

서 그는 이렇게 말했다.

"저는 자율신경계 장애인 기립성빈맥증후군 환자들을 많이 보고 있습니다. 그런데 그 환자들에게는 심혈관계 증상뿐만 아니라 그에 따른 극심한 피로감과 어지럼증이 더 큰 장애 요인이 되는 걸 많이 봅니다."

정말이지 화들짝 놀라지 않을 수 없었다. 곧바로 정 교수에게 전화를 걸었다.

"태환아, 홉킨스 페이스북에 올라온 네 동영상 봤다."

정 교수는 내 이야기를 듣기도 전에 자신이 자율신경계 장애에 관심을 갖게 된 이유를 설명해주었다.

"그래? 그게 말이지, 나한테 근육 약화로 온 환자 중에 피로감과 어지럼증을 호소하는 사람이 많거든. 대개는 불안장애나 우울증 진단을 받고 있는데 검사를 해보면 기립성빈맥증후군이거나 신경매개저혈압 등 자율신경계 장애가 있는 환자가 많더라고. 환자들은 너무 고통스러워하고 일상생활조차 힘든데, 의사들은 이 질환에 대해 잘 모르고 그냥 정신과적인 질환이라고 하니까 너무 안타깝더라고. 이런 환자들이 너무 많아서 소아과 피터 로 교수와 상의해 성인을 대상으로 하는 자율신경계질환 클리닉을 개설하기로 했어."

정 교수의 말을 듣자마자 확신이 들었다. 바로 이것이 내 병이라는 것을.

"내가 기립성빈맥증후군인 것 같아."

수화기 저편에서 정 교수는 한참이나 말이 없었다.

"I'm sorry……."

그는 아프기 전의 나를 누구보다 잘 알고 있었다. 한시도 쉬지 못해 없던 일까지 만들어서 하고, 익스트림 스포츠를 좋아할 만큼 에너지가 넘쳤으며, 항상 친구들을 모아 사교 생활을 즐기기 바빴던 내가 잠깐 못 본 사이에 그런 병을 앓게 되어 꼼짝도 못 하고 누워만 있다니. 그에게도 충격적인 소식이었을 것이다. 가장 가깝다고 생각한 남편조차도 우울증이 아니냐고 하던 내 병. 수많은 의사들도 진단하지 못해, 우울증인데 스스로가 부정하는 것 아니냐고 도리어 나를 의심하는 사람들……. 그렇게 점점 고립되어 가고 있던 내게 정 교수의 말 한마디는 커다란 위로가 되었다.

곧바로 정 교수의 클리닉에서 확진을 위한 기립경 검사 일정을 잡았다. 기립경 검사는 환자를 눕혀 침대에 몸을 묶은 다음, 침대를 60~80도 각도로 세워 혈압과 맥박의 이상 반응을 체크하는 검사다. 환자복으로 갈아입고 차가운 침대에 누웠다. 산소 측정기와 심전도 전극 따위를 붙이고 나자 침대가 서서히 움직였다.

'드디어 제대로 진단을 받는구나.' 5개월 넘도록 이유 없이 아픈 우울증 환자로 여겨졌는데 이제야 신체적 원인을 증명할 수 있다고 생각하니 가슴이 벅차올랐다.

혈압이 점점 내려가기 시작했다. 수축기 혈압(최고 혈압)이 71mmHg까지 떨어지면서(보통 성인은 120mmHg 정도) 괴로운 실신전증상presyncope이 시작되었다. 얼굴에 식은땀이 비 오듯 쏟아져 눈을 제대로 뜰 수 없었다. 근육의 힘이 다 빠져버려 축 처진 채 그야말로 침대에 '달려' 있었다. 구토가 날 듯 구역질이 나서 간호사가 받침대를 턱에 대고 있었다. 등이 싸늘해졌고 정신이 아득해졌다. 더 이상 견디지 못할 지경이었다.

"내려주면 안 돼요?"

겨우 기어가는 목소리로 침대를 눕혀달라고 호소했다. 간호사들은 안타까워하면서도 조금만 더 참아보라고 했다. 기왕 고생하는 거 진단을 제대로 받아야 한다는 마음으로 버텼다. 십자가에 못 박힌 예수님의 심정이 느껴질 정도였다.

'아, 예수님이 이렇게 돌아가셨나 보다. 차라리 죽는 게 나을 것 같은 괴로움을 느끼면서……'

급기야 괄약근의 힘이 빠지면서 대변이 나올 것 같은 느낌이 들었고 더 이상은 참고 버틸 수가 없었다(뇌경련 또는 실신으로 정신을 잃은 사람들이 실금 증상을 보이는 이유이기도 하다).

"변이 나올 것 같아요. 못 참겠어요. 제발 내려주세요."

그제야 간호사들은 나를 얼른 내려주었다. 그들도 환자의 변을 치우는 일만큼은 피하고 싶었을 테니까.

17년간 의사 생활을 해오며 나는 스스로 환자들의 고충을 나름대로 잘 이해하는 의사라고 생각했다. 하지만 아니었다. 환자들에게 '실신전증상'이라는 말을 자주 쓰면서도 나는 이것이 그저 좀 어지럽고 힘든, 실신하기 전 상황을 가리키는 말인 줄로만 알았다. 내가 직접 온몸의 근육이 다 풀리고 심지어 대변까지도 가리지 못하는, 소위 '정신줄을 놓기 직전'의 상황에 이르러서야 그것이 차라리 죽는 게 더 낫겠다고 느낄 만큼 괴로운 증상이란 걸 알 수 있었다.

마음이 흐르는 대로

마침내 자율신경계 장애인 '신경매개저혈압'이라는 확진을 받았다. 진단을 받았다는 것만으로도, 내 증상을 설명할 신체적인 병리가 밝혀진 것만으로도 너무나 고마웠다.

그 후 두 달간 정 교수와 함께 여러 약물을 쓰고 정맥 수액을 맞아가며 집중 치료를 이어갔다. 나는 빨리 나아서 다시 직장에 나가 내 환자들을 돌보겠다는 뚜렷한 목적이 있었다. 강한 의지와 노력만 있으면 분명 다 이겨낼 수 있을 것이라 생각했다. 하지만 두 달 넘게 치료를 받았음에도 증상의 호전은 미미했다. 오히려 병이 점점 더 진행되는 듯 보였다. 결국 서 있거나 조금 걷는 것은커녕 15분도 앉아 있지 못해 혼자서 밥을 챙겨 먹지도 못하는 지경에 이르렀다. 실망스럽고 분했지만 입술을 깨물고 다시 한번 패배를 인정할 수밖에 없었다. 2018년 1월, 그렇게 나는 발병한 지 8개월 만에 한국으로 향했다. 돌봐줄 사람 없는 미국을 떠나 어머니가 계신 내 고향으로.

한국에 도착한 지 며칠 되지 않아 미국의 신경과 의사로
부터 전화를 받았다. 그곳에서 했던 생체검사 결과가 나왔
다는 소식이었다.

"지 선생, 자율신경을 포함하는 소섬유신경이 많이 파
괴된 것으로 나왔어요. 아무래도 자가면역성 손상일 가능
성이 높으니 면역글로불린 치료를 받는 게 좋을 듯합니다.
5개월 정도 받으면 증상이 꽤 호전되고 신경 손상도 어느
정도 회복되었다는 연구 결과도 있고요."

'면역 치료를 받으면 손상된 자율신경을 되살릴 수도 있

구나!' 순간 정신이 번쩍 들었다.

면역글로불린 치료란 수혈로 얻어진 혈액에서 면역글로불린(면역 체계의 주요 요소인 면역항체)만 추출해 모아 담은 약물을 정맥으로 투여하는 치료다. 주로 심한 자가면역성 질환의 치료에 쓰이는데, 많은 사람의 혈액에서 면역글로불린을 모아야 하므로 약값이 매우 비싸다. 미국에서는 한 달 치료비가 3000만 원에 달할 정도다. 이는 정 교수도 언급했던 치료였지만 고가의 치료비와 정맥주사를 며칠에 걸쳐 맞아야 하는 힘든 치료 과정 때문에 일단 다른 치료를 먼저 시도하고 있던 참이었다.

급히 대구에 있는 자율신경계 전문 클리닉을 찾아 입원했다. 첫 회진이 있던 날, 교수님은 내게 이렇게 말했다.

"기립성저혈압 외에는 검사 결과가 모두 정상으로 나왔네요. 자율신경계 이상이 다 나은 것 같으니 푹 쉬면서 운동을 많이 하면 좋아질 겁니다. 면역치료는 이제 안 해도 되겠어요."

이렇게 몸을 가누기도 힘든데 다 나았다니. 나를 몇 개월간 치료한 정 교수와 생체검사를 한 미국 신경과 의사가 모두 면역치료를 권하는데 그것이 이제 필요치 않다니. 도무지 이해할 수 없는 상황이었다. 마치 강물에 빠져 허우적거리며 살려달라고, 밧줄 좀 던져달라고 소리치고 있는데 "수영을 잘하고 있는 것 같으니 밧줄은 필요 없어 보이네"라는 말을 들은 것 같은 그런 참담한 기분이었다. 교수님에게 물었다.

"교수님, 제가 정말로 다 나은 것이라면 왜 아직도 이렇게 잘 서 있지 못하고 앉아 있지도 못할까요?"

신경과학자인 교수님이었기에, 자율신경계는 좀 회복된 듯 보이는데 어떤 뇌병리가 계속되고 있는 것 같다는 등 일종의 과학적 가설을 기대한 질문이었다. 교수님은 잠시 머뭇거리다 말을 이었다.

"정신과 교수님한테 이런 말씀을 드리기는 뭐하지만……아마도 심리적 스트레스 등으로 오는 정신적 증상인 것 같아요."

어떤 어려움이 닥쳐도 항상 긍정적인 생각으로 이겨내던 나라고 스스로 확신하고 자신했다. 그런 나에게 심리적 스트레스로 인한 문제라니, 정신적 부담을 이기지 못해 이런 증상을 앓게 되었다니. 억울하고 분해서 받아들일 수 없는 설명이었다.

정신과 의사로서 나는 정신적인 스트레스가 신체 건강에 얼마나 큰 영향을 끼치는지 누구보다도 잘 알고 있다. 흔히들 화가 날 때 '혈압이 올라간다'고 하듯이 충격적인 일을 당하거나 스트레스가 심한 상황에서는 실제로 혈압이 신속하게 올라간다. 그렇지만 스트레스로 고혈압이 악화된다고 해서 그 고혈압을 심인성 또는 정신과적 증상이나 질환으로 보진 않는다. 당뇨병, 감염, 또는 수술의 경우에도 스트레스가 쌓이면 경과가 더 나빠진다. 이때도 역시 이런 질환들을 심인성 질환으로 보지 않는다. 신체적인 병리가 스트레스에 의해 더 악화되었다고 보는 편이 옳다.

억울한 마음을 뒤로하고 일단은 면역글로불린 치료를 꼭 받아야겠다고 생각했다. "교수님, 비용은 제가 전부 부담할 테니 꼭 면역치료를 받게 해주세요."

의사로서 많은 환자를 오랜 시간에 걸쳐 대하다 보면 마치 의사가 '강자' 혹은 '갑'의 위치에서 처방과 권고를 명령하는 것처럼 여기게 될 때가 많다. 나 역시 때로는 내 권고를 듣지 않는 환자들을 '골치 아프고 성가신 환자'라고 생각한 적이 있었으니까. 그런데 이제는 완전히 입장이 바뀌었다. "제발 제 고통 좀 알아주세요. 안타깝고 불쌍하게라도 여겨주세요"라고 말하며 의사의 자비와 공감에 내 모든 걸 맡기고 선처를 빌어야 하는, 철저히 '약자'와 '을'의 입장에 놓인 것이다. 몸이 아픈 것도 힘들었지만 이렇게 '구걸'하듯 사정해야만 치료받을 수 있는 상황이 내 마음을 한층 더 힘들게 했다.

"미국 전문가들의 소견에 동의하진 않지만 이미 입원도 하셨으니 자가 비용 부담으로 한 번은 해드리겠지만 더 이상은 안 됩니다."

가까스로 허락을 받아 한 달 치 치료를 받을 수 있었다. 5일간 진행된 정맥 면역글로불린 치료를 마치고 퇴원할 즈음에는 어지럼증이 현저히 호전되어 30~40분을 쉬어가며 걸을 수 있을 정도가 됐다. '그래, 일단 교수님 말처럼 다 나았다고 믿고 운동을 해 체력을 회복해보자. 운동으로 고치지 못하는 병은 없다고 했으니까.'

그 이후 하루도 빠짐없이 세 달 동안 최선을 다해 운동을 했다. 물론 이 과정이 순탄할 리 없었다. 체력이 회복되기는커녕 한 달에 한 번꼴로 심한 감기와 몸살 증상이 나타나 2~3주씩 자리에 누워 일어나지 못하는 상태가 반복됐다.

그럴 때마다 나는 무너진 몸과 마음을 다독이고 다시 일어나 걷기부터 시작해야 했다. 그러나 공든 탑이 무너지는 것 같은 절망감이 찾아오는 건 어쩔 수 없었다.

체력을 단련하던 2018년 4월의 어느 날, 또다시 찾아온 심각한 오한과 감기 몸살 증상으로 인해 그대로 자리에 주저앉았다.

'다 나은 게 아니었어. 이건 운동으로 고칠 수 있는 병이 아니야. 내 의지와 노력이 부족해서 아픈 게 아니야.'

미국 전문가들의 권유대로 면역치료를 더 받아야 된다는 확신이 더더욱 강해졌다.

그렇지만 한편으로는 걱정부터 앞섰다. 한 번 받는 것도 사정사정한 끝에 겨우 받았는데 이번에는 또 어디서 어떻게 받는단 말인가. 고민 끝에 모교인 대구가톨릭대학교 신경과의 이동국 과장님을 찾아가 내 사정을 말씀드렸다. 과장님도 내가 스트레스와 우울과 불안 때문에 이렇게 아프다고 생각하실까.

"지 선생, 참 고생이 많다. 내가 그 마음 안다. 어떻게 도와주면 되겠나?"

나는 그제야 안도의 한숨을 내쉬었다. 나중에 알고 보니 과장님도 최근에 병환을 앓으며 환자의 입장에서 고생하셨다고 했다.

"면역글로불린 치료가 도움이 많이 된 것 같습니다. 몇 번 더 받고 싶어요. 치료를 받을 수 있게 도와주세요."

"그래, 그 치료가 자가면역성 자율신경계 질환에 많은 도움이 된다는 연구 결과도 있고, 또 자네가 개인적으로 한 번 받고 증세가 호전되는 것도 보였으니 비용을 자가 부담해서 보험 급여를 걱정하지 않아도 된다면 큰 문제 없을 거야. 한번 해보세."

순간 너무 감사한 마음에 눈물이 주르륵 흘렀다. 앞이 보이지 않을 만큼 힘들고 고통스러웠던 내게, 다시 한번 나을 수 있는 기회가 생긴 것이었다. 이렇게 다시 총 세 번의 면역치료를 받고 나자 증상은 눈에 띄게 호전되었다. 기립성 어지럼증도 많이 좋아져서 한 시간 정도는 쉬어가며 걸을 수 있을 정도가 됐고, 피로감도 많이 줄어들었다. 옆에서 지켜보던 어머니는 내가 눈에 띄게 회복되는 모습을 보며 뛸 듯이 기뻐하셨다.

예일대 정신과 과장을 지냈던 프레드릭 프리츠 레들릭 교수는 "좋은 의사가 되기 위해서는 아파보고, 사랑해보고,

마음이 흐르는 대로

다른 문화권에 살아봐야 한다"라고 말했다. 환자의 절박한 처지에도 놓여보고, 사랑한다는 자기의 마음을 먼저 드러내는 취약한 입장에도 서보고, 주류가 아닌 소수로서 이해받지 못하는 경험을 해본 사람만이 더 좋은 의사가 될 수 있다는 뜻이다. 이동국 과장님이나 나나 고통받고 서러워하며 의사들의 선처를 눈물로 호소하는 위치에 서봤으므로 환자의 고충을 더 깊이 이해하고 위로할 수 있었으리라. 그로 인해 좋은 의사가 되는 데 한 발짝 더 가까워진 것이리라. 그렇게 나를 위로했다.

일상이 더는
일상이 아닌 순간 ————————

2018년 1월에 한국으로 가 그해 7월에 복직할 때까지 내 상태는 꽤 호전됐다. 사실 미국 의사들은 복직하기엔 아직 이르다고 조언했다. 하지만 나는 어서 빨리 내 자리로 돌아가고 싶었다. 정신과 의사로서 나를 기다리는 환자들을 만나고 싶었다.

지금도 한국에서 볼티모어로 돌아오던 그날을 잊을 수 없다. 고속도로에서 저 멀리 볼티모어 시내 스카이라인이 보이기 시작했을 때 가슴이 북받쳐 눈물이 쏟아졌다. 이제 더 이상 내가 제대로 일어서지 못하는 환자가 아닌, 환자를

마음이 흐르는 대로

돌볼 수 있는 정신과 의사로 복귀했다는 벅찬 감격이 내 가슴을 가득 메웠다.

증상이 매우 심하진 않았지만 당시에도 병은 여전히 진행 중이었고, 체력도 무척 약해진 터라 내가 할 수 있는 일은 일주일에 3일 정도 내 환자를 돌보는 것이 전부였다. 내가 즐기던 레지던트 교육 강의와 각종 연구 과제들은 당분간 미뤄두기로 했다. 조금 더 쉬면서 건강을 다스리고 다음 해부터 시작해보자고 스스로를 달랬다. 다시 병이 도지거나 쓰러지기라도 하면 어렵게 되찾은 내 일을 완전히 포기해야 할지도 모르니 내게는 그러한 결정이 최선이었으리라.

케네디크리거의 입원 병동에서 교수들끼리 돌아가며 보는 당직도 아직까지 나는 열외로 배려받고 있다. 따뜻하고 친절한 동료들에게 신세를 지고 있는 것이다. 이들은 지금도 가능하면 내가 너무 힘든 환자를 보지 않도록 세심하게 배려해주고 있다.

그럼에도 나는 여전히 자주 허덕인다. 오전 9시에 일을 시작했는데 오후가 되면 너무 어지러워서 사무실에 누워 있을 때가 많다. 상태가 나아지지 않으면 그날 일은 접고 집으로 돌아와야 한다. 일을 다 마치지 못한 날에는 죄책감이 들어 괴롭지만 '어쩔 수 없는 일이다. 내일은 더 잘하면 된다'고 마음먹는다.

무슨 일이든 조금만 하면 파김치가 되어 쓰러지기 일쑤인 내 삶이 사실은 아직까지도 잘 적응되지 않는다. 발병하기 전의 나는 매일같이 복싱과 요가, 조깅 등 다양한 운동을 즐기던 사람이었으니까. 심지어 일이 많아 힘든 날에도 억지로 시간을 짜내어 운동을 갈 정도였고, 운동을 마친 후에는 상쾌한 기분으로 귀가해 잠을 청하던 나였다. 하지만 지금은 꿈도 꾸지 못할 일이다. 운동 한번 했다가는 며칠이고 심한 두통과 피로감에 시달리며 일어나지 못할 수 있기 때문이다.

쉬는 날에도 씻고 옷을 갈아입고 아침밥을 챙겨 먹는 아주 일상적인 일들에 에너지를 좀 쓰고 나면 곧 피곤이 덮쳐와 한 시간 정도 누워서 쉬어야 겨우 다시 일어날 기운이 생겼다. 20~30분 이상 운전하고 나면 심하게 어지러워지고 피곤해져 또다시 누워야 했다. 슈퍼에 가서 장을 보는 건 힘이 좀 많이 남았을 때 얼른 해치워야 하는 일이 됐다. 계산대에 서 긴 줄을 바라보고 있으면 걱정부터 밀려왔다. 기운이 빠져 아예 바닥에 쪼그려 앉아서 기다려야 할 지경이니 말이다.

내 머리는 일을 마무리해야 한다고 재촉하지만 몸이 그것을 허락하지 않았다. 일이 덜 끝났는데 중간에 쉬어야 한다는 것이 내 성격상 영 쉽지 않다. 몸이 좀 회복된 것 같아 밀린 일을 해보려 책상 앞에 앉으면 또다시 언제 어지러워질지 몰라 마치 남은 시간과 경주를 하듯 불편한 마음으로 일을 한다. 물론 힘든 상태를 억지로 참고 계속 일을 해본 적도 있었다. 하지만 그때마다 번번이 더 큰 대가를 치러야 했다. '힘들 땐 반드시 쉬어야 한다.' 내 몸이 고집 가득한 내 머리를 그렇게 반복해서 가르치고 훈련시키는 것이다.

하고 싶은 일은 많지만 할 수 없는 일이 더 많으니 마음까지도 버거워졌다. 샤워도 마음 놓고 할 수 없었다. 온도 차가 크면 몸이 더 빨리 안 좋아지기 때문에 조금이라도 한기가 든다 싶으면 얼른 샤워를 마치고 여름에도 난방을 올린 채 이불을 감고 누워야 했다. 한번은 샤워도 제대로 못하는 내 처지가 한심스러워 눈물이 났다. 아마 그때 남편은 내가 우는 모습을 처음 보았을 것이다.

"괜찮아?"

"힘들 땐 울어도 되는 거지?"

"응, 울어도 돼."

여행을 다니지 못하는 것 또한 한없이 안타까웠다. 장거리 이동은 차를 타고 있는 것만으로도 지치는 일이다. 그러니 비행기를 타고 해외로 다니는 걸 상상이나 할 수 있을까. 방학이나 휴일이면 항상 해외로 쏘다니곤 했는데. 지금도 그때를 생각하면 가슴이 설렌다. 새로운 곳으로 가 그곳에 들어서면 누구도 나를 모르고 나 역시 아무도 모른다는, 완벽하게 이방인이 된 그 자유로운 기분을 참 좋아했는데. 언젠간 다시 그런 가슴 뻥 뚫리는 기분을 느낄 수 있을까. 그 기다림이 너무 길어지지 않기만을 바랄 뿐이다.

사교 모임에도 거의 가지 않게 되었다. 외향적인 성격이기에 사람들을 모아놓고 왁자지껄하게 먹고 즐기는 것을 좋아했는데, 이제는 사람 많은 곳에 가는 것이 두렵다. 빛과 소리에 민감해진 이후로 너무 요란한 곳은 저절로 피하게 된다. 병이 생긴 후 사람들을 만나는 일에도 에너지가 필

마음이 흐르는 대로

요하다는 걸 처음 경험했다. 덕분에 좋은 점이 하나 있다면, 소중하고 가까운 사람들과 단둘이 이야기할 기회가 늘었다는 것이다. 병을 앓고 난 후 나는 양적이기보다는 질적으로 사람을 판단하고 사귀게 되었다.

이렇게 나의 삶은 'before and after'가 현격히 달라졌다. 믿기 힘들고 적응하기 어려운 이 엄청난 변화를 가차 없이 온몸으로 맞아야 했다. 끝없이 솟아나는 에너지를 자랑하며 쉴 틈 없이 일과 모임을 만들어서 우리 아파트의 시장mayor이라고 불리던 나. 가만히 앉아 있지 못하는 성격 때문에 소파에서 하루 종일 텔레비전만 보던 남편을 갑갑해하며 마구 원망했던 나. 그런 내가 이제는 배터리가 다 떨어져 가물가물한 휴대전화처럼 언제 꺼질지 몰라 조바심 내는 삶을 살아가고 있다. 결국 배터리가 나가서 쓰러지면 재충전될 때까지 두통과 어지럼증에 시달리며 기약 없이 좋아지기만을 기다려야 한다. 마치 신의 장난처럼, 나는 내 성격과 반대로 살아야만 하는 병을 하루하루 감당하고 있다.

가장 어두운 밤일지라도

언젠가는 그 끝이 오고

해는 떠오르고 말 것이다.

– 빅토르 위고Victor Hugo

Follow Your Heart

2장

삶의 무게를 덜어내자
비로소 보이는 것들

2015년 봄 히말라야 에베레스트 베이스캠프를 등반할 때의 일이었다. 걸음을 재촉하던 내게 같은 팀으로 등반을 하던 스리랑카 출신 영국인 팀원 샤가 득도한 듯 이런 말을 했다.

"남들보다 먼저 숙소에 도착하면 뭐 해. 일찍 가봤자 난방도 안 되는 헛간에서 할 일도 없이 다른 팀원들이 오기를 기다려야 할 뿐인데."

우리 팀의 등반 코스는 11박 12일이 걸리는 여정으로 매일 5~8시간씩 고된 산행을 해야 했다. 그의 말처럼 산소가 부족한 고산지에서 빠르게 걸음을 재촉해 하루 치 등반을 일찍 마쳐봤자 인터넷이나 전기도 없고 난방도 되지 않는 추운 숙소에서 남은 팀원을 기다려야 할 뿐이었다.

무슨 일이든 의욕적으로 빠르게 해내야 한다고 생각

했던 나는 그때의 경험으로 완전히 새로운 교훈을 얻었다. '주변을 둘러보며 여유롭게 가도 괜찮다'는 것. 발걸음을 늦추고 천천히 산을 오르니 고산병 증세도 훨씬 덜했고, 신비에 가까운 히말라야 경치를 마음껏 만끽할 수 있는 데다가 팀원들과 대화도 하고 웃기도 하며 여유를 즐길 수 있었다. 그때 기나긴 등반에서 목적지 그 자체보다 여정이 더 중요하다는 것을 배웠던 것처럼, 나는 이제 삶을 재촉하기보다는 하루하루 순간들을 만끽하고, 사랑하는 사람들과 더 의미 있는 시간을 보내고자 한다.

더불어 병으로 인해 내 몸이 무너져가는 걸 경험하면서 내 몸 상태에 귀 기울이는 일이 중요하다는 것도 새삼 깨달았다. 의사로서 좋은 식습관과 충분한 잠과 휴식이 매우 중요하다는 걸 잘 알고 있고 또 환자들에게 가르치기도 했지만, 정작 내 몸은 잘 돌보지 않고 있었다. 이제는 내 몸이 보내는 신호를 무시하지 않고 세심히 귀 기울여 몸이 필요로 하는 것을 우선순위에 두고 채워주려고 노력한다. 다른 것들은 조금 미뤄두어도 된다.

미국에서 '병실 유튜버'로 유명한 클레어 와인랜드는

선천적으로 '낭포성섬유증'이라는 치명적인 병을 안고 태어났다. 그녀는 이 병으로 10대 때부터 산소통을 끌고 다니며 생활해야 했고 인생의 4분의 1 가까이를 병원에서 보내야 했지만, 병원 생활을 오히려 즐기려 노력했고 유튜브를 통해 병실의 삶을 중계하기 시작했다. 그녀는 병과 함께하는 삶이 결코 건강한 삶보다 못하지 않다는 걸 알렸고, 오히려 병과 고통이 있으므로 더 의미 있는 삶을 살 수 있다고 말했다. 유명해진 후에는 환자들과 가족들을 경제적으로 도와주는 비영리 기관을 설립해 자신이 깨달은 귀중한 삶의 의미를 사람들에게 전하기도 했다.

"인생의 의미란 그저 건강하고 행복하게 사는 것이 아니라, 자기 자신이 뿌듯해할 수 있는 삶을 사는 것이다 living a life you're proud of."

그녀는 새 허파를 받아 건강한 삶을 살 수 있다는 설렘을 안고 폐 이식 수술을 받았지만 안타깝게도 깨어나지 못하고 21세의 젊은 나이에 자신의 장기들을 기증하고 세상을 떠났다.

이렇듯 그녀는 병과 고통으로 점철된 짧은 생을 살다

갔지만 그 누구도 그녀의 삶을 의미 없다거나 실패했다고 말하지 못한다. 그녀는 고통받는 사람들에게 용기를 북돋아주었다. 그러한 삶이 오히려 더 의미 있고 뿌듯한 삶이라는 메시지를 남겼다.

나 역시 이제는 내 병을 이기고 완전히 다 나아서 예전의 일상을 되찾겠다는 집착을 버리기로 했다. 그보다는 병으로 인해 달라진 내 삶을 소중히 여기고, 순간순간의 의미를 되새기면서 살고자 한다. 인생은 과거나 미래가 아닌 현재를 사는 것이다. 지금 당장 힘들고 갑갑하고 아파서 서러울 때도 많지만, 다른 사람이 아닌 내 스스로가 뿌듯해할 수 있는 삶을 살아가려 한다.

오스트레일리아의 호스피스 간호사였던 브로니 웨어는 『내가 원하는 삶을 살았더라면』이라는 책에서 죽어가는 사람들이 말하는 다섯 가지 후회 중 하나가 '일만 너무 열심히 했다는 것'이라고 했는데, 나 역시 그 말에 전적으로 동의하게 되었다. 죽음을 앞두고 그 누구도 "조금 더 열심히 일할 걸……"이라고 후회하지 않는다. 그보다는 일 때문에 사랑하는 가족, 친구들과 의미 있는 시간을 더 많이 보내지 못한 것을 후회한다.

나는 병을 앓기 전에 늘 쫓기듯 바쁘게 살면서, 오늘 할 수 있는 일을 내일로 미루는 사람은 게으른 사람이라고 치부하곤 했다. 하지만 이제는 절대 그렇게 생각하지 않는다. 하루 종일 일을 하며 보내기보다는, 몸과 마음에 충분한 휴식 시간을 주며 소중한 사람들과 최대한 함께 보내는 것이 더 의미 있고 현명한 삶이라는 걸 병을 통해 배웠다.

한 미국 친구가 늘 에너지 넘치고 적극적이던 내가 환자가 되어 고생하고 있는 모습을 보고는 안타까워하며 말했다.

"늘 열심히 살고 다른 사람 챙기기에 앞장서던 네가 이런 병에 걸린 게 너무 불공평해!"

"고마워. 근데 너무 걱정하지 마. 난 이 레몬들로 레모네이드를 만들 테니까 I will make lemonade out of these lemons."

미국에서는 레몬처럼 시큼쌉쌀하고 맛이 좋지 않은 상황에 놓였을 때 희망과 긍정적인 마음을 잃지 않고 그 상황을 기회로 만들어 결국 달콤하고 맛있는 레모네이

드처럼 좋은 결과를 만들어낸다는 표현이 있다.

　아직 내게는 레몬 같은 날들이 더 많지만 언젠가는 분명 레모네이드를 맛볼 날이 올 거라 믿는다. 어떤 레모네이드일지는 모르겠다. 의사라는 직업에서의 성취일지, 건강의 회복일지, 또 다른 무형의 깨달음일지 아직은 잘 짐작이 가지 않는다. 그러나 레몬만 계속 던져주는 것 같은 씁쓸한 내 삶에도 레모네이드를 만들 수 있다는 희망과 의지가 있다면 얼마든지 견뎌낼 수 있고, 끝내는 상상하지 못했던 달콤함을 맛볼 수 있을 것이라고 믿는다.

하나의 문이 닫히면
또 다른 문이 열린다는 것 ————

나는 열정이 넘치는 사람이었지 야망이 큰 사람은 아니었다. 처음부터 하버드대학교 연구소에 들어가겠다거나 존스홉킨스 의과대학 교수가 되고 싶다고 마음먹었던 것도 아니었다. 여느 성공한 사람들처럼 몇 년 치 계획을 세워두고 무서울 만큼 집중해 차근차근 그 길을 밟아온 것은 더더욱 아니다. 오히려 내 인생은 실패와 의외의 기회로 점철되었다고 말하는 편이 더 어울릴 것이다. 나는 다만 내가 서 있는 그 자리에서 할 수 있는 일을 했을 뿐이고, 해야 하는 일을 열심히 했으며, 마음이 흐르는 대로 움직였을 뿐이다.

그런 내게 지금의 자리에 오기까지 비결이 있었느냐고 묻는다면 '그저 어떤 상황에서도 긍정적인 자세를 잃지 않고, 좌절하더라도 다시 툭툭 털고 일어난 것', 오직 그것뿐이다.

유명한 자기계발서나 성공한 사람들의 스토리를 보면 대부분이 장기적인 계획을 세워서 목표를 향해 가라고 말한다. 그렇지만 내 생각은 좀 다르다. 5년, 10년 후를 바라보고 특별하게 장기적인 계획을 세워 따르기보다는 그저 지금 내 앞에 주어진 환경에 집중하고, 당장 내가 궁금한 일, 하고 싶은 일에 몰입하는 것이 더 의미 있다고 생각한다.

우리 주변에는 미래에 달성하고 싶은 목표를 위해 지나치게 현재를 희생하는 사람이 많다. 물론 어느 정도의 희생은 당연히 감수해야 한다. 전문의가 되려면 학부 과정부터 인턴과 레지던트 과정까지 장장 10년가량을 소위 '피 터지게' 공부해야 하고, 자기가 원하는 과뿐만 아니라 관계없는 과까지도 돌며 수련해야 한다. 이렇듯 목표를 위해서 어느 정도의 희생이 불가피하지만, 기나긴 인생을 볼 때 목표만을 위해 현재를 지나치게 희생하고 원하지 않는 곳에 에너지를 쓰며 자신을 괴롭히는 건 바람직하지 않다고 본다.

내 아버지는 언니와 나를 낳고 기르시면서 당시 대구에서 흔하던 봉제 공장에 다녔다. 아버지는 어머니를 일찍 여의고 고등학교를 중퇴한 뒤 열일곱 살 때부터 공장 생활을 하며 돈을 벌었고, 그렇게 가족의 생계를 이어갔다. 어른이 되어서도 적은 월급을 받는 노동자였지만 언젠가는 자신도 공장주가 되고 싶다는 꿈을 품었고 결국에는 작은 공장을 차려 운영도 하셨다.

아버지는 쉴 틈 없이 일했다. 그러면서도 늘 입버릇처럼 마흔 살에 은퇴해 편안한 삶을 살고 싶다고 말하곤 했다. 오직 그 목표를 위해 좋아하지 않는 일을 죽도록 했고, 가족과의 시간도 포기했으며, 자신이 무엇을 진실로 원하는지 생각할 겨를도 없이 몸이 부서져라 일만 하고 살았다. 그런데 어디 계획대로 되는 게 인생이던가. 아버지는 마흔 살이 된 후로도 20년을 더 쉬지 않고 일해야 했다. 그리고 환갑이 되었을 때 죽음의 문턱까지 넘나들 만큼 큰 건강상의 위기를 겪으셨다. 물론 아버지의 선택과 삶을 부정하거나 한심하게 볼 생각은 추호도 없다. 어쩔 수 없는 시대적인 상황과 의무도 존재하니까. 하지만 나로서는 그런 아버지의 삶을 보며 미래를 위해 무조건 현재를 희생하기보다는 지금 이

마음이 흐르는 대로

순간에 더더욱 집중해야 한다는 사실을 절감했다.

나에게는 내가 마주한 지금 그리고 여기here and now의 삶이 그 무엇보다 중요하다. '뜻이 있는 곳에 길이 있다'는 너무나 식상한 그 말을, 나는 지금껏 한 발자국씩 몸소 증명하며 살아왔다. 또 미래에 도달하고 싶은 목적지로 가는 길이 반드시 하나만 있는 것도 아니다. 진심으로 열정을 품고 지금 하는 일에 집중하다 보면 없던 길이 열리기도 하는 게 인생이다. 하나의 문이 닫히면 또 다른 하나의 문이 열린다는 것. 누구도 가지 않는 길, 위험하다고 모두가 회피하는 길, 실패가 자명한 그 길을 걸어갔던 사람들이 오히려 더 위대한 성취를 이루는 일도 많으니까 말이다.

이렇듯 내 마음에 귀를 기울이고 살면 간판이나 학력, 그리고 자본이나 주변의 지원 등 소위 말하는 성공의 조건이 별로 중요하지 않게 된다. 오히려 내 삶에 더 큰 영향을 끼치는 건 '마음자세mindset'다. 컵에 물이 반이나 차 있다는 관점과 물이 반밖에 남지 않았다고 보는 관점은 차이가 크다. 나는 물이 반이나 차 있다고 생각하고 열심히 살아가다 보면 나머지 반도 채워지려니 믿는다. 특히 힘들고 어려운 순간을 맞닥뜨릴 때 이러한 마음가짐은 큰 도움이 된다. 물론 이런 생각을 비현실적인 낙관주의라고 비난하는 사람도 있겠지만, 조그만 역경에도 비관적으로 절망하는 것보다는 훨씬 낫지 않을까. 레지던트 과정에 낙방했을 때, 인턴 성적이 좋지 않았을 때, 언어 장벽으로 바보 취급을 당했을 때 풀이 죽거나 또 실패할까 봐 걱정만 했다면 지금의 나는 없었을 것이다. 실수를 하거나 결과가 좋지 않을 때도 좌절하지 않고 오늘 하루 열심히 살았으니 내일은 더 나아지리란 믿음을 잃지 않았기에 나는 더 강하고 단단해질 수 있었다.

미국에는 "구름의 뒤편은 반짝인다 Every cloud has a silver lining"라는 말이 있다. 어떤 역경이든 그 속에 희망이 숨어 있다는 뜻이다. 나는 어떤 상황이 닥쳐도 다 하나님이 계획하신 것이라 믿고, 시간이 지나면 왜 이런 일이 일어났는지 비로소 이해할 수 있을 것이라 생각한다. 그러면 당장의 불행이 절망으로 이어지지 않는다. 더불어 원하는 일이 순조롭게 이루어졌다고 해서 그것이 마냥 좋은 일이라고 여기지도 않는다. 돌이켜보면 내가 겪은 각종 실패와 좌절의 순간들이 내게 새로운 문을 열어준 계기가 되지 않았나 싶다. 넬슨 만델라의 말처럼 실패란 '지는 것'이 아니라 '배우는 것'이므로.

나는 병으로 인해 1년 가까이 직장을 쉬어야 했고, 2년 동안 제대로 일어나고 걸을 수도 없는 고통에 시달렸다. 그 때문에 열의를 갖고 임하던 각종 강의와 연구에서도 손을 떼야만 했다. 왜 나에게 이런 일이 생긴 건지 서럽고 억울해서 눈물이 나는 날도 많았다. 하고 싶은 일, 살고 싶었던 삶에서 멀어졌다고 생각할 때마다 눈앞이 캄캄해져 한 발자국도 앞으로 나아가지 못한 때도 있었다.

그러나 병에 걸려 일을 쉰 덕분에 내 인생을 되돌아볼 수 있는 시간을 누렸다. 병이 아니었다면 나는 의사로서, 또 교수로서 더 큰 성취를 이룰 수 있었겠지만, 만약 그랬다면 매일 바쁘게만 살아가느라 삶을 뒤돌아볼 틈도 없이 앞으로만 달려갔을 것이다.

병을 겪으며 세상과 사람과 삶을 바라보는 시각도 많이 달라졌다. 처참히 무너진 환자의 입장에 온전히 놓여보았기에, 좋은 의사란 그저 아는 것만 많은 의사가 아니라 환자의 고통을 알아주고 덜어주려고 노력하는 의사라는 것도 배웠다. 남편과 나는 예상치 못한 병이라는 바위에 아무런 방어책 없이 부딪혀 아픔과 혼란을 느끼고 서로를 원망하고 싸우기도 했지만, 이제는 병 덕분에 언제나 서로에게 의지할 수 있는 진정한 인생의 동반자가 되었다. 이 모든 걸 겪고 난 지금은 병이 내게서 빼앗아 간 것보다 주고 간 것이 더 많다는 생각이 든다.

비울 때 더 소중한 것을
채울 수 있다는 것

남편을 처음 만났을 당시 그는 17년째 그 지역에서 개인 비뇨기과를 운영하던 바쁜 의사였다. 매일 새벽 6시 반에 출근해 밤 9시가 되어서야 퇴근하는 것이 남편의 일상이었다. 한 달에 절반 이상은 당직 근무를 하며 밤 11시쯤이 되어야 겨우 퇴근했고, 당직일 때는 새벽에 응급 호출이 울리면 환자를 보러 뛰어나가기 일쑤였다. 그러다 보니 결혼 초창기에는 남편과 함께 저녁 식사를 한 적이 거의 없었다. 어머니가 나를 간호하기 위해 먼 미국까지 오셨을 때도 3개월 동안 함께 식사를 한 건 고작 세 번뿐이었다.

매일 지치도록 일을 하다 보니 휴일 데이트는 꿈도 꾸기 어려웠다. 어쩌다 쉬는 날이면 남편은 피곤에 젖은 채로 소파에 누워 멍하니 텔레비전만 들여다보았다. 오죽하면 어머니는 그런 남편을 보고 '소파 껌딱지'라고 말하셨을까. 매일 피곤해하니 내가 무언가를 하자고 말하면 곧장 짜증부터 내는 일이 많았다. 늘 새로운 사람을 만나고 재미있는 일에 도전하기를 즐기던 나로서는 결혼 후 그런 남편의 태도 때문에 답답해 미칠 지경이었다. 분명 내가 결혼이란 걸 하긴 했는데 남편이 없는 것과 마찬가지인 상황이었다. 아니, 오히려 혼자일 때가 더 자유롭고 편했다고 느껴지기까지 했다. 진지하게 남편을 붙잡고 말해보기도 했다. "자기, 일을 좀 줄이면 안 될까? 집에서 저녁도 같이 먹고 주말에는 여가를 즐기는 시간도 같이 보내면 좋겠어."

　　남편은 완강했다. "내가 일을 적게 하면 다른 사람들이 피해를 볼 거야. 나는 내 환자를 정말 잘 돌보고 싶어. 그러려면 당직이 아니더라도 주말에 병원에 가서 수술한 환자들을 들여다봐야 해. 지금껏 내가 이렇게 정성을 다해 일했기 때문에 환자며 동료들이 나를 인정해주는 거 아니겠어? 그 덕분에 매년 최고의 의사로 뽑히는 거고."

그렇게 남편이 집 밖에서 환자와 동료들에게 사랑받고 있는 동안 내가 남편에게 줄 수 있는 사랑은 점점 줄어들고 있었다.

생각해보면 남편과 나는 근본적으로 사고방식 자체가 달랐다. 나는 돈을 좀 적게 벌더라도 소소하고 행복하게 사는 게 더 우선이라고 생각했지만, 남편은 늘 더 많이 벌고 더 많이 쓰며 살자는 주의였다. 실용적인 것을 좋아하는 나와 달리 남편은 고급스러운 것을 좋아했다. 좋은 식당에서 최고급 요리를 먹고, 누구나 부러워할 만한 차를 타고, 유명 브랜드의 옷을 입고, 고급 리조트에서 휴가를 즐기길 원했다. 그러니 돈을 적게 벌더라도 우리만의 시간을 갖자는 나의 제안이 남편에게 받아들여질 리 만무했다.

함께 살 집을 보러 다닐 때도 남편은 교통이 편하거나 살기 적당한 집보다는 명망 높은 부자 동네에, 그 동네에서도 가장 화려한 주택을 사길 원했다. 서울로 치면 강남과 같다고 여겨지는 북버지니아 부촌에 그런 집을 사려면 남편과 나의 예산으로는 턱없이 부족했다. 30년짜리 대출을 받고 매달 이자와 막대한 할부금을 내려면 죽기 살기로 일해야 겨우 유지가 가능할 정도였다.

"우리는 아직 아이도 없고 집에 있는 시간이 많지도 않잖아. 필요하지도 않은 큰 집을 사서 죽도록 일하는 것보다는 더 경제적인 작은 집을 사서 쉬엄쉬엄 일하며 사는 편이 더 낫지 않을까?"

이런 나의 말에 남편은 버럭 화를 냈다.

"난 크고 좋은 집에 살기 위해 지금껏 열심히 일했는데 왜 내 마음은 몰라주고 자꾸 당신 생각만 말하는 거야?"

결국 나는 남편을 설득하지 못했다. 그러다 내가 병에 걸린 후 회복하지 못하고 결국 직장 일을 계속할 수 없는 상황이 되자 갈등의 골은 더 깊어졌다.

"나 아무래도 일을 계속 못 하겠어. 장기 병가를 낼 수밖에 없을 것 같아."

"음…… 나는 수련 시절부터 지금까지 아프다는 이유로 직장을 쉬어본 적이 하루도 없어. 아무래도 당신은 나 같지는 않은가 봐."

당시만 해도 남편 눈에는 내가 아무런 이상이 없어 보여서 그랬으리라. 그럼에도 내 직업 정신이 부족하다는 투의 말에 분통이 터질 만큼 억울했다.

심지어 몸 상태가 점점 더 나빠져서 급기야 일을 아예 그만두어야 하나 고민할 때도 남편은 이렇게 말했다. "나라면 당장 직장을 그만두기보다는 조금 편한 다음 직장을 먼저 정해놓고 그만두겠는데."

그때는 정말이지 남편에게 배신감까지 느껴져 눈물이 났다. 내 건강보다는 수입을 더 중요하게 여기는 것처럼 느껴져 모질게 다그쳤다.

"지금 내 몸이 이 지경인데 직장이 더 중요해? 내가 직장을 다닐 만한 데도 그만두겠다는 걸로 보여?"

"아니, 당신 몸이 안 좋다는 건 알지만 우리가 지금 사려는 집과 대출금을 생각하면 현실적인 고민이잖아."

미안해하기는커녕 자신의 생각을 정당화하는 남편의 말에 더 이상 참지 못하고 울분을 터뜨렸다. "부자 동네와 화려한 집에 살고 싶은 건 당신이지, 내가 아니야!"

소유에 대한 욕심이 크면 수입이 아무리 많아도 그 욕심을 채우기 위해 더 많이 일해야 한다. 또 소유하고 있는 것들을 유지하기 위해서 괴로운 일들을 버텨내야 한다. 세 달 동안 나를 간호하기 위해 함께 지냈던 어머니는 이런 상황을 눈치채고 남편이 나를 진심으로 사랑하지 않는 것 같다며 걱정하셨다.

치료를 위해 한국으로 돌아와 상태가 조금 호전되었을 때였다. 남편에게 좋은 소식을 전해주려 전화를 걸었다.

"나 이제 면역치료도 받고 어지럼증도 많이 좋아졌어. 운동 열심히 하고 있는 중이야."

"이제 많이 좋아진 것 같은데 그럼 언제 돌아올 거야?"

"그래도 아직 엄마가 간호해줘야 하는 상태야. 잘 먹고 운동하면서 더 좋아질 때까지 여기 있는 편이 좋을 것 같아."

"그 정도는 미국에서 해도 괜찮잖아. 이제 그만 여기로 돌아오지 그래."

이번에도 남편은 내 건강을 염려하기보다는 얼른 미국으로 돌아올 것을 종용했다. 이런 지경에 이르자 나 역시 남편의 사랑을 의심할 수밖에 없었다. 잘나가는 존스홉킨스 의사와 결혼했는데, 결혼한 지 반년 만에 앓아 누워 일도 전혀 하지 못하는 신세가 되었으니 남편의 마음이 변했을 만도 하다고 생각했다. 결국 고민 끝에 남편에게 전화를 걸어 말했다.

"지금의 상황이 당신이 생각한 결혼 생활이 아니라면 그

마음이 흐르는 대로

마음도 충분히 이해해. 떠나고 싶으면 원망 없이 보내줄게."

수화기 너머로 남편은 아무런 말이 없었다.

며칠이 지나고 다시 남편에게 전화를 걸었을 때 그는 한 마디도 내뱉지 못할 만큼 힘이 다 빠진 상태였다.

"내가 정말 나쁜 남편이었어. 내게 한 번만 더 기회를 줄 수 있어?"

진심으로 사랑해서 결혼한 남편이었다. 그렇게 연약해진 목소리를 들으니 내 마음도 아파왔다. 그래서 남편에게 다짐을 받았다.

"무엇보다 중요한 건 우리 두 사람의 건강과 행복이야. 돈이나 일보다 우리 두 사람의 관계와 사랑을 더 중요하게 생각해줄 자신 있어?"

"응, 당신 건강이 제일 중요해. 우리 관계가 더 중요하고. 내가 앞으로 더 잘하도록 노력할게."

이 일을 계기로 남편은 더 이상 당직을 서지 않겠다고 병원에 선언했다. 아내가 중병을 앓고 있으며, 아내를 돌보려면 지금처럼 많은 시간을 병원에 할애할 수는 없다고 이야기했다. 남편의 동료들은 처음엔 당황해했지만 곧 아내가 중병에 걸렸다는 사정을 이해해주었다. 그 이후 남편은 꼬

박꼬박 저녁 7시 무렵에 퇴근해 집으로 돌아와 나와 함께 저녁을 먹었다. 일을 줄이니 성격도 다시 부드러워졌다. 그래, 일에 지쳐 날카로워지고 쉽게 짜증을 냈을 뿐 본성은 착한 사람이었다.

물론 남편과 내가 일을 줄임으로써 우리의 수입은 상당히 줄어들었다. 남편은 내가 평소에 "내가 아니라 차와 결혼하지 그랬어?"라고 핀잔을 주던, 무척 아끼고 사랑하던 고급 차를 팔고 조금 더 경제적인 차를 샀다. 그리고 그토록 고집하던 부유한 동네의 값비싼 집이 아닌 적당한 가격의 집을 알아보기 시작했다. 비싸고 고급스러운 물건을 사는 데 들이던 지출도 줄어나갔다. 남편이 평생 꿈꾸던 삶과 멀어진 생활을 하는 것이 내심 미안하기도 하고, 갑자기 달라진 생활 때문에 우울함을 느끼면 어쩌지 하는 마음에 이렇게 물어보기도 했다.

"일을 좀 적게 하니까 어떤 것 같아?"

남편은 의외의 대답을 내놓았다. "이제 좀 사람답게 사는 느낌이야."

"수입도 줄고 아끼던 차도 팔고 살고 싶던 동네에도 살지 못하는데 정말 괜찮아?"

"물론 예전 차가 그립지 않다면 거짓말이지. 그런데 난 당신이 건강한 게 최고야. 지금도 충분히 행복해."

나는 늘 돈보다는 행복이 우선이라고 생각하며 살아왔다. 건강하고 행복한 삶을 위해 일을 하는 것이지, 돈을 벌기 위해 일을 해선 안 된다고 생각한다. 돈을 바라보고 일을 하는 순간 삶에서 더 중요한 가치들을 잃게 되는 건 당연한 일이다. 돈은 쓸 만큼만 있으면 된다. 없으면 아껴가면서, 가진 돈에 걸맞게 살면 그만이다. 나는 매우 가난하고 가진 것 없는 유년시절을 보냈지만 단 한 번도 부끄럽거나 불편하다고 느껴본 적이 없고, 지금도 마찬가지다. 이제는 남편도 나의 그런 태도를 조금은 닮아가는 듯하다.

몇 달 전에 남편과 나는 수도 워싱턴에서 30~40분 떨어진 근교에 새 집을 지었다. 북버지니아 부촌에 비하면 땅값이 절반 정도라서 남편이 원하던 만큼 집도 크게 짓고 넓은 정원도 만들 수 있었다. 남편과 나 모두 출퇴근 시간이 한 시간가량 걸리는 중간 지점이고, 경치도 잔잔하고 평화로운 곳이다.

지금도 나는 한 시간씩 출퇴근하는 일이 버겁다(결국 자율주행자동차를 사야 했다). 병원 일을 마치고 돌아오면 녹초가 되어버려 아무 일도 하지 못한 채 쓰러지기 일쑤다. 그럴 때마다 '이런 몸으로 계속 일을 할 수 있을까?' 하는 걱정이 밀려온다. 아마도 다시 심하게 아파진다면 나는 직장을 그만두어야 하겠지. 벌써 1년 가까이 장기 병가를 내서 그 빈자리를 동료들이 메워야 했으니, 더 이상의 배려를 바라기는 힘들다. 무엇보다도 내 환자들의 치료에 갑자기 공백이 생기는 그런 상황을 다시는 만들고 싶지 않다. 내가 사랑하는 일을 내 마음이 아니라 내 병 때문에 놓아야 할 날이 언제라도 올 수 있다는 생각이 늘 나를 슬프게 한다.

그럼에도 감사한 한 가지는 그런 나의 상황을 남편이 전적으로 이해해준다는 것이다. 힘들어하는 나를 보고 직장을 그만두고 집에서 조금씩 원격 진료를 하면 어떻겠느냐고 물어봐주고 조금만 피곤해해도 얼른 들어가서 쉬라며 나를 챙겨준다. 물질적인 것보다 우리 사이의 사랑과 행복이 더 중요하다는 걸 그렇게 남편도 차차 배워가고 있다. 그리고 이제는 아내의 건강이 그 무엇보다 소중하다는 것을 진심으로 아는 듯해서 더 고맙다.

아이 없는 삶을
받아들인다는 것

노스캐롤라이나에서 수련 생활을 마치고 첫 직장으로
볼티모어에 위치한 케네디크리거인스티튜트에 자리를 잡
았다. 발달장애 연구와 치료로 명성이 높은 케네디크리거
는 존스홉킨스 의과대학과 연계된 기관으로, 의료진 대부
분이 존스홉킨스 교수진으로 이루어져 있다. 나 역시 존스
홉킨스 소아정신과 교수진에 합류했다.

내가 진료를 보는 환자들은 대개 7세부터 21세까지 연령
이 무척 다양하다. 사실 그중에서도 나는 어느 정도 성장한
청소년보다는 어린아이들과 이야기를 나누고 교감하는 것

을 더 좋아한다. 어린아이들을 가만히 보고 있자면 절로 기분이 좋아진다. 물론 소아정신과이다 보니 소란을 피우거나 과격하게 행동하는 아이도 많지만 그런 아이들조차도 동그랗고 통통한 볼을 보면 언제 그랬냐는 듯 귀엽고 사랑스럽게 느껴진다.

대체로 어린아이들은 성인보다 회복력이 좋아서 아무리 심한 증상을 겪고 있다고 해도 호전될 수 있는 적절한 환경을 만들어주고 조금의 약물 치료를 병행하면 확연히 나아지는 모습을 보기 쉽다. 마음이 치료되는 동안 신체도 훌쩍 자라니 변화도 더 생생하게 느껴진다. 바로 이런 맛에 내가 소아정신과 의사 생활을 15년째 즐거이 하고 있나 싶다.

평소 문제 있는 아이들을 자주 만나는데도 나는 어린아이들을 보면 그들의 문제보다는 가능성이 눈에 더 잘 보인다. 얼른 회복해 여느 아이들처럼 마음껏 웃으며 일상생활을 즐길 수 있다는 가능성, 순수함을 잃지 않고 사려 깊은 아이로 성장할 수 있다는 가능성. 그리고 동시에 나 역시도 아이를 낳아 내 아이의 가능성을 마음껏 펼칠 수 있게 도와주고 싶다는 마음이 마구 샘솟는다.

2017년 5월, 병이 시작되기 전까지 나와 남편은 두세 달 동안 불임 치료를 받으며 시험관 시술을 통한 임신을 시도하고 있었다. 내 나이가 만 40세가 넘었던 터라 더 이상은 자연 임신을 기다릴 수 없어서 결혼한 지 얼마 되지 않아 시작했던 것이다. 매일 아침저녁으로 배란촉진호르몬제 주사를 맞고, 이틀에 한 번 꼴로 병원에 가서 초음파와 피검사를 했던 탓에 몸도 힘들었지만, 아이를 가질 수도 있다는 기대감과 실패 후의 실망감이 반복되면서 정신적인 스트레스도 만만치 않았다. 발병 후 의사들이 내 병의 원인이 불임 치료에서 오는 스트레스로 인한 정신과적 문제라고 의심했을 만큼 그 감정의 굴곡과 아픔은 상당했다.

그런데 사실 완전히 틀린 의심만은 아니었다. 내 병의 추정 원인은 감염으로 촉발된 자가면역성 반응으로 인한 자율신경 손상인데, 자가면역질환은 대개 몸에 큰 변화가 생기거나 무리할 경우 그 증상이 재발하거나 심해진다. 다소 약하게 발병했던 2012년에는 어찌어찌 잘 다스렸지만 불임을 치료하는 과정에서 감염까지 겹쳐 다시금 촉발되지 않았나 싶다.

몸이 아프면 절로 다른 이보다는 나를 더 위하고자 하는 마음이 생기기 마련이다. 그래서일까? 병을 앓고 난 후에는 나부터 고통 없이 살고 싶다는 자기보호본능으로 인해 아이를 갖겠다는 생각이 슬그머니 줄어들었다. 결국 남편에게 털어놓았다.

"자기, 나 이런 상태로는 아이를 낳고 키울 자신이 없어."

남편 역시 아쉬운 마음을 감추지 못했으나 이내 별다른 말 없이 내 의견을 존중해주었다.

사실 아이를 포기하게 된 가장 큰 이유는 정 교수가 운영하는 클리닉에서 알게 된 어느 젊은 엄마의 사연 때문이었다. 그녀는 이미 병을 앓고 있었는데 계획하지 않았던 셋째를 임신하면서 병이 더 악화되었다. 그녀는 극심한 피로감과 어지럼증, 두통으로 인해 하루 종일 누워 지낸다며 울면서 내게 호소했다. 젊은 엄마의 심각해진 상태를 들으니 덜컥 겁이 났다. 그래서 눈물을 머금고 병원으로 달려가 루프를 삽입하는 피임 시술을 받았다. 남편은 시험관 시술까지 도전하면서 아이를 강렬하게 원했던 내 갑작스러운 변화에 깜짝 놀란 눈치였다. 어떤 대가를 치르고서라도 병이 더 악화되는 끔찍한 상황만큼은 피하고 싶을 정도로 내 병은 너무나 고통스러웠다.

투병 생활로 인해 내 삶의 대부분이 바뀌고 또 그만큼 많은 것을 포기했지만, 그중 가장 큰 것이 바로 아이 갖기를 포기한 것이다. 아무리 몸이 아프다고 해도 사실 아이를 포기하는 일만큼은 내 인생을 통틀어 가장 쉽지 않은 결정이었다.

그런데 사람 마음이라는 게 참 간사하다. 한국에서 6개월간 세 차례에 걸쳐 면역글로불린 치료를 받고 다시 미국으로 돌아와 몸이 조금씩 회복되어 가자 다시 아이를 갖고 싶단 마음이 새싹 돋듯 슬며시 고개를 들기 시작했다. 그래서 2년 만에 다시 한번 시험관 아기를 시도해보기로 했다. 여러 전문의들의 조언을 받아 증상 악화 가능성을 최대한 줄이기 위해 호르몬 치료를 최소화하고, 난자를 채취하기 위해 마취를 할 때는 수액을 미리 맞아 마취 중에 혈압이나 맥박이 불안정해지지 않게 조치했다. 통증으로 인해 병의 증상이 악화될 수 있어서 시술 후에는 통증을 확실히 조절한다는 가정하에 다시 시험관 아기를 시작하기로 했다.

매일 여러 주사를 맞고 이틀에 한 번꼴로 피 검사와 초음파 검사를 받으니 몸과 마음이 녹초가 되기 일쑤였다. 게다가 매주 3일씩 직장에 나가야 했으니 증상이 더 악화되는 건 어찌 보면 당연한 일이었다. 2주간 치료 기간을 겨우 버텨낸 후 난자를 채취하고 나서는 병원의 배려로 일주일간 휴가를 내어 만신창이가 된 몸을 조리했다. 그렇지만 이번에도 결과는 실패였다. 담당 의사에게서 그 소식을 들었을 땐 한동안 방에 들어가 혼자 숨죽여 울었다. 어느 정도 마음의 준비는 하고 있었지만 그럼에도 슬프고 힘든 건 어쩔 수 없었다. 그 후로도 시험관 시술을 두 번 더 시도했으나 모두 실패했다. 이제 내 나이가 40대 중반에 이르렀으니 사실상 이제는 아이 갖는 일을 완전히 포기해야 함이 맞다.

결과적으로 병으로 인해 2년 동안 시험관 시술을 할 수 없었던 것이 아기를 가질 수 있는 아주 작은 기회마저도 앗아가 버린 것이다. 내가 그토록 원하던 것을 병이 내게서 거두어 갔다는 사실에 한동안은 너무나 가슴 아팠지만, 그럼에도 나는 병을 원망하지 않기로 했다.

병은 내게서 너무나 많은 것을 빼앗아 갔지만 그로 인해 완전히 일상을 멈춰야 했던 그 2년이란 시간을 이제는 슬프게 생각하지 않는다. 제대로 설 수도 걸을 수도 없을 만큼 몸 상태가 엉망진창이 되고, 사고 능력을 조금씩 잃어가면서 더 이상 정신과 의사로 일하지 못할 거란 두려움과 마주해봤기 때문이다. 오히려 그 덕분에 다시 내 자리로 돌아왔을 때 그곳을 더 뜻깊게 바라볼 수 있는 귀중한 시야를 선물로 얻지 않았던가.

그 고통스럽고 절망적이던 시간이 지금의 나를 만들었다. 그리고 나는 병을 앓기 전의 나보다 앓고 난 후의 내 모습을 더 사랑한다. 비록 나를 닮은 아이(기왕이면 딸이면 했다)를 하나 낳아 어머니가 내게 주신 것처럼 다른 어떤 것과도 비교할 수 없을 만큼 크고 깊은 사랑을 주겠다는 내 꿈은 이루지 못했지만, 내게 주어진 인생에서 또 다른 의미를 찾고 만들어갈 수 있기 때문에. 내 삶을 만끽하고 내 사람들을 더욱 사랑하게 되었기 때문에.

남보다 나를 더
존중해야 한다는 것

　남녀 관계나 결혼 생활에서 보면 성별에 대한 사회적인 기대치나 성 역할$_{\text{gender role}}$이 정해져 있는 경우가 많다. 아이는 엄마가 키워야 한다든가, 힘을 쓰거나 물건을 고치는 일은 남자가 해야 할 일이라든가, 요리나 청소는 여자의 몫이라든가 하는 것들 말이다. 그러나 이렇게 서로의 역할을 성별에 따라 나누다 보면 서로 간에 서운함과 불만이 쌓이기 마련이다.

　사실 혼자 살 때에는 이런 기대치로부터 영향을 받지 않은 채 자유로운 삶을 살았다. 병원 생활이 너무 바빠 요리를 할 틈조차 없었고 애초에 그럴 관심과 마음도 없었다. 일을 할 때도 남자 직원들에게 기대는 일 없이 육체적으로 힘이 필요한 일이든 당직이든 내가 더 앞장서서 해내곤 했다.

그런데 결혼을 하고 나니 이상하게도 마음이 달라졌다. 남편이 늦게까지 일하고 들어오는 날에는 더 일찍 퇴근한 내가 저녁 식사 정도는 차려야 하는 것 아닌가 하는 생각이 슬쩍 들기 시작했다. 이래서 보고 배우고 자라온 환경, 그리고 사회적 기대치가 정말 무서운 것이다. 남편이 원한 것도 아니고 시부모님이 강요한 것도 아닌데, 나도 모르게 일을 하고 들어와 녹초가 된 상태에서도 남편에게 밥을 해줘야 한다는 통념에 따라 행동하고 있었다.

나는 혼자 살 때부터 정말 알아주는 '요리 바보'였다. 요리에는 유독 서툴러서 장을 보고 재료를 다듬고 무언가를 만들어내는 데 남들보다 몇 배의 시간이 걸렸다. 그런 내가 힘겹게 저녁 식사를 차렸는데도 남편은 맛이 없다며 불평만 늘어놓곤 했다. 이후에 남편은 내가 저녁을 해놓았다고 하면 집에 오는 길에 맥도널드에 들러 햄버거를 먹고 왔다고 털어놓았다. 내가 해준 저녁 식사가 먹기도 힘들 만큼 맛이 없었나 보다. 당시에는 남편이 얼마 먹지도 않는데 왜 이렇게 살이 찌나 고민했는데, 알고 보니 저녁을 두 번 먹고 있었던 것이다. 그러니 남편은 대체 왜 적성에도 안 맞는 일로 스트레스를 받느냐, 그냥 밖에서 먹거나 시켜 먹자는 말을 했고, 그때마다 나는 내 정성과 노력을 몰라주는 남편에게 섭섭한 마음을 감출 수 없었다.

생각해보면 남편의 말은 하나도 틀린 게 없었다. 나 역시 남편만큼 바쁘게 일하는 사람이다. 두 사람 다 한 끼 여유 있게 챙겨 먹기도 어려울 만큼 정신없이 하루를 보낸다. 게다가 요리 솜씨만 놓고 보면 나보다 남편이 훨씬 나았다. 그러니 굳이 논리적으로 따져보면 내가 요리를 해야 할 이유도, 필요도 전혀 없었다. 청소나 빨래도 마찬가지였다. 결국 아무도 집안일을 요구한 적이 없는데 사회나 문화적 통념이 주는 암묵적인 강요 탓에 나는 아무런 비판 의식 없이 이를 고스란히 받아들이고 혼자 괴로워했던 것이다.

발병하기 전까지 이런 의미 없는 수고는 계속됐다. 정말 소질 없는 살림이라도 내 손으로 해보려고 애를 썼다. '처음이니까 못하는 거야. 계속하다 보면 분명 늘 거야' 하는 생각을 되뇌며 소위 말하는 '아내의 역할'을 수행하려 애썼다.

그러나 병이 난 후에는 체력이 완전히 바닥났고, 요리와 청소는 내 삶의 우선순위에서 밀려나게 되었다. 그래서 복직한 후에는 남편에게 선언했다.

"나 이제 요리를 해보려고 노력하지 않기로 했어."

내 마음을 아는지 모르는지, 남편은 이제 더 이상 맛없는 음식을 먹지 않아도 된다는 안도감에 오히려 좋아했다. 요리를 하고 몇 번이나 가스 불을 끄지 않아 집을 날려 먹을 뻔한 이력도 있었던 터라 그는 얼른 "응, 좋은 생각이야"라고 말하며 내 결정을 지지해주었다. 그 일을 계기로 나는 나의 소중한 에너지를 괴로운 일에 쓸 필요가 없다는 사실을 분명히 깨달았다.

지금 우리 부부는 각자 자신의 빨래는 알아서 하고, 청소는 로봇 청소기에게 맡긴다. 바닥을 닦는 일은 남편의 몫이고, 음식은 좋아하는 식당에서 먹고 들어오거나 15분만 끓이면 되는 레토르트 요리를 사서 집에서 뚝딱 해결한다. 가끔 시댁 손님이 오는 날에는 남편이 요리한다. 우리 시어머니는 내가 밥을 잘 안 차려줘서 남편 머리가 벌써 빠진다고 못마땅해하시는 것 같기도 하지만(참고로 시아버지도 대머리시다) 이런 삶을 산다고 해서 내가 형편없는 아내인 것도,

남편이 성인군자인 것도 아니다. 그저 우리는 서로의 상황과 능력에 맞춰 서로가 잘할 수 있는 일을 해낼 뿐이다.

한국에는 가정 내에서 아내와 엄마의 희생을 당연하게 여기는 성향이 미국보다도 더 강하게 깔려 있는 것 같다. 그런데 그런 희생을 계속하다 보면 상대는 이를 고마워하기는커녕 그것을 당연시하고, 심지어 점점 더 큰 희생을 요구하게 된다. 그러니 희생을 하는 주체는 이렇게 생각해볼 필요가 있다. 자신이 계속 누군가를 위해 일방적으로 희생하는 것은 내가 나의 가치를 중요하게 생각하지 않는다는 신호를 상대방에게 계속 보내는 것이나 다름없다고. 그러니 상대방 역시 자연스럽게 나의 가치를 존중하지 않는 것이라고 말이다.

우리 부부도 그럴 때가 있었다. 주말마다 볼티모어에서 알렉산드리아까지 남편 집으로 왕복 네 시간씩 운전을 하다 보니 슬슬 몸이 지쳐가기 시작했다. 운전도 운전이지만 두 집에 내 짐이 나뉘어 있으니 매번 짐을 쌌다 풀었다 하는 것도 만만찮게 고된 일이었다. 결국 나는 남편에게 넌지시 이사를 권했다. "주말에 왔다 갔다 하는 게 너무 힘든데,

우리 서로 직장에서 한 시간 정도 거리에 있는 곳에 집을 얻는 게 가장 좋지 않겠어?"

"왜 그렇게 어렵게 생각해? 매번 짐을 싸는 대신 소지품을 두 개씩 사서 각각 집에 놔두면 되잖아. 그리고 주말에 정 피곤하면 매번 오지 않아도 돼."

남편은 자신에게 유리한 현재 상황을 가급적 바꾸지 않는 방향으로 의견을 몰아갔다. 나는 내 시간과 에너지를 쏟아 우리 부부의 관계를 힘겹게 유지하고 있었지만, 시간이 갈수록 남편은 이런 나의 수고를 당연하게 여겼다. 그러다가 내가 병이 걸린 후 운전이 거의 불가능해지자 이번에는 하는 수 없이 급하게 임시로 볼티모어와 꽤 가까운 곳에 집을 얻었다. 장거리 출퇴근을 몸소 경험하고 나서야 비로소 남편은 중간 지점에 집을 얻자는 내 의견을 따라주며 시급히 집을 보러 다녔다.

영어 표현 중에 "You teach people how to treat you(사람들이 너를 어떻게 대할지는 네가 가르치는 것이다)"라는 말이 있다. 즉, 어떤 사람이 나를 하찮게 대한다면 스스로가 먼저 "나를 그렇게 대우하는 것을 받아들일 수 없다"라는 신호를 명확하게 상대방에게 보내야 한다는 뜻이다. 만약 그러지 않으면서 속으로 불평만 하고 있다면 "나를 그렇게 무가치하게 대해도 괜찮으니 계속 그렇게 해도 된다"라고 상대에게 허락하는 것과 같다.

나의 수고와 시간은 아무렇게나 써도 되는 '무료 서비스'가 아니다. 그런데 내가 나의 가치를 스스로 존중하지 않고 마치 무료 서비스처럼 계속 상대방에게 일방적으로 제공하다 보면 나의 수고는 점점 무가치해지기 마련이다. 그리고 이런 일은 가족처럼 매우 가까운 사이에서 더 자주 벌어진다. 특히 한국에서는 가족이라는 이름으로 상대의 노력을 공짜 취급하고, 심지어는 언어적·정서적·육체적으로 학대하면서도 계속 희생을 요구하는 사람이 간혹 있다. 그 사람이 부모이건 형제이건 배우자이건 자녀이건 간에, 스스로에게 '가족이니까 참아야 한다'는 굴레를 씌워서는 안 된다. 혹 가족 관계가 끊어지더라도 "나는 더 이상 학대당하는 자리에 계속 있지 않겠다"라고 선언하고, 바로 자기 자신에게 그 자리를 떠나도 괜찮다고 허락해주어야 한다. 내가 나를 아끼고 사랑하지 않으면서 남이 나를 아끼고 사랑해주기를 바라는 것이 모순이듯이 나의 가치는 나부터 먼저 인정해

마음이 흐르는 대로

주어야 하는 것이다.

정신과 의사인 나조차도 이러한 점을 깨닫기까지 꽤 오랜 시간이 걸렸다. 내 아버지는 화가 날 때면 목에 핏대를 세운 채 동네가 떠나가도록 가족에게 고함을 지르는 사람이었다. 어머니와 언니와 나는 신발도 제대로 신지 못한 채 헐레벌떡 아버지를 피해 집을 뛰쳐나간 적도 있다. 우리는 밖에서 울다가 눈물을 머금고 집으로 돌아와 아버지의 화가 누그러졌는지 눈치를 살폈다. 지금에서야 나는 그때 어머니가 아버지에게 '그런 대우를 절대 용납할 수 없고 우리는 그런 상황을 참지 않겠다'는 신호를 강하게 주지 못했던 것이 도리어 '계속 우리를 그렇게 대해도 된다'라는 허락의 신호를 준 것이나 마찬가지였음을 깨달았다.

지금도 나는 남편과 다툴 때 목소리가 커지는 상황을 매우 싫어한다. 남편은 부부가 싸우다 보면 목소리가 커질 수도 있지 않느냐고 항변했지만, 나는 남편에게 절대 나에게 소리를 지르지 말라고 명확하게 요구했다. 또 소리를 지른다면 지금 당장 이 자리를 떠나겠다고, 내가 나를 그렇게 소리 질러도 되는 대상으로 계속 두지 않겠다고 말했다. 실제로 나는 남편이 다시 한번 소리를 지르면 집을 떠날 마음의 준비가 되어 있었다. 다행히 그 뒤로 남편은 다툼의 과정에서 아무리 감정이 격해지더라도 소리를 지르지 않는다.

이처럼 가족일수록, 사랑하는 사람일수록 그 사람이 나를 어떻게 대해야 하는지 내가 직접 가르쳐주어야 한다. 도를 넘는 행동은 절대 용납할 수 없다는 신호를 그 즉시 강력히 보내야 한다. 가장 강력한 메시지는 나를 그 자리에 다시 두지 않는 것이다. 특히 가학적인 성향이 있는 상대라면 그 사람이 가족이라 할지라도 내가 먼저 떠나야 한다. 그것이 가장 강력한 신호이므로. 만약 그럼에도 그가 행동을 바꾸지 못한다면 그것은 그가 해결해야 할 문제이지 내가 희생해야 할 문제가 아니다. 내가 스스로에게 "너는 할 만큼 했어. 이제 떠나도 돼"라고 허락해주어야 한다는 것을, 나역시 늦게야 배웠다.

마음이 흐르는 대로

간혹 미국에 오래 머무르다가 한국에 들어가면 내 친구들은 나를 보고 하나같이 이렇게 반응한다.

"너 어딘가 모르게 좀 80년대 사람 같은 느낌인데?"

그러면서 나의 옷차림이나 화장법이 요즘 스타일과는 많이 다르다며 한바탕 웃곤 하는 것이다. 어디 가족이라고 다를까. 우리 어머니는 나를 '월남 아지매' 같다 하고, 사촌 동생은 내 모습이 한국 트렌드와 심하게 거리가 멀다며 헤어스타일과 화장법을 가르쳐주기 바쁘다. 정작 나는 내 모습이 아무렇지 않고 마음 편하기만 한데 말이다.

사실 나는 어릴 때부터 패션이나 화장에는 별다른 관심이 없었다. 그러니 내게 신경 쓰는 사람 하나 없는 미국이 너무 편하고 좋다. 마치 물 만난 물고기처럼 아래위로 추리닝을 입고, 머리를 질끈 묶은 채 화장도 하지 않고 여기저기 쏘다니는 게 적성에도 꼭 맞다. 이왕이면 패션 센스가 뛰어나면 좋겠다마는 타고난 천성이 그러지 못한 것을 어쩌겠는가.

자신의 외모가 남의 눈에 어떻게 평가되는지에 신경 쓰지 않기 위해서는 건강한 자기 이미지와 자신감이 필요하다. 대개 우리는 청소년기를 거치며 자기 이미지를 구축하는데, 이때는 유독 주위의 기대와 또래 집단의 기준에 영향을 받는다. 문제는 한국의 경우, 이런 기대치나 기준이 그 사람의 능력이나 성품보다는 외형적이고 물질적인 것에 치우쳐 있다는 사실이다.

나 역시 한국에서 나고 자랐지만 한국에만 가면 놀라는 광경이 있다. 한 가게 건너 한 가게꼴로 자리 잡은 화장품 가게와 광고의 대부분을 차지하는 미용 제품, 다이어트 보조제들이다. 외모에 별 관심이 없는 40대의 나도 그런 광고를 계속 보다 보니 영향을 받지 않을 수 없었다. 치아가 하얘진다는 광고를 보고 무언가에 홀린 듯 약국에서 치아 미백제를 산 것이다. 이런 내 모습에 내가 놀란 나머지 SNS에 올라오는 미용 관련 광고를 아예 다 차단해버렸다. 사실 그때까지 살면서 단 한 번도 내 치아를 유심히 본 적도 없었고 내 치아 색이 어떻다는 생각을 해본 적도 없었는데, 그 광고 속 여인의 하얀 치아를 보고 내 치아 색이 그렇지 않다는 것을 처음 느꼈다. 40대 정신과 의사인 나도 광고를 보고 이런 생각을 하는데, 한창 남의 눈에 예민한 사춘기 청소년들은 얼마나 자주 휘둘리고 얼마나 자주 좌절하겠는가. '살을 좀 더 빼야 하는데', '피부가 더 맑아야 하는데', '턱선이 더 갸름해야 하는데'라는 식의 기준을 스스로에게 강요하면 자연스럽게 '나는 왜 이렇게 못생겼지?'라는 생각을 할 수밖에 없고, 그러면 외모에 대한 자신감은 물론이고 전반적인 삶의 자존감마저 하락하기 마련이다.

다행인지 불행인지 나는 자라면서 못생겼다는 말을 꽤 자주 들어서 내가 예뻐질 것이라는 가능성에 대해서 일찌감치 포기했던 것 같기도 하다. 특히 아버지는 "이렇게 부모보다 키도 작고 인물도 못한 애들이 어딨노?" 하시면서 언니와 나를 '못난이 형제'라고 부르셨다. 어머니가 "왜, 우리 딸들 예쁘기만 한데"라고 반박하시면 고슴도치도 자기 새끼는 예쁘다고 한다며 비웃기도 하셨다. 고등학생 시절 친구들은 "나영이는 공부는 잘하지만 못생겼다"라며, 신은 공평하다고 말하면서 같이 웃기도 했다.

매년 볼티모어에서는 '볼티모어 톱 싱글즈Top Singles'라는 것을 뽑는다. 볼티모어에 사는 싱글 남녀 중 대중의 추천을 받은 열 명의 남녀를 뽑아 잡지에 싣고 싱글 파티에 초대하는 행사다. 당시 나는 남자친구가 없었는데, 나도 모르는 사이 내 친구들이 나를 추천해 이름을 올렸다. 친구들은 내가 '훌륭한 소아정신과 의사로서 환자 치료와 연구에 최선을 다하며 착하고 친절한 사람이고, 내면과 외면이 모두 아름다운 사람beautiful inside and out'이라며 추천의 글을 썼다. 한국에서 자랄 땐 늘 못생겼다는 말을 들었지만, 다행히 미국에서는 못생겼다고 지적해주는 사람이 없으니 '그래, 이 정도면 됐지' 하며 아무 생각 없이 살던 나였다. 그런데 내가 그해에 볼티모어 톱 싱글로 선정되어서 나 스스로도 정말 의아했다. 미국 사람들이 정말 맹목적으로 동양 사람들을 아름답게 여긴다며 재미있어 할 정도였다. 그렇게 나는 친구들 덕분에 어울리지도 않는 '톱 싱글즈'라는 타이틀로 잡지에 얼굴이 실리는 영광을 누릴 수 있었다.

나도 이제 미국에 산 지 20년이 다 되어가니 이제는 왜 미국 사람들이 동양 여자를 예쁘다고 여기는지 알 것 같다. 동양인 특유의 동글동글한 얼굴, 진지하고 단호한 느낌을 풍기는 옅은 쌍꺼풀, 작고 아담한 코까지 동양인의 얼굴은 정말이지 미묘하면서도 아름답기 그지없다. 이렇듯 아름다움에는 절대적인 기준이 없다. 그리고 외적인 아름다움 말고도 더 가치 있는 아름다움이 분명 존재한다고 믿는다. 자신감 넘치는 태도, 친절하고 배려 있으면서도 선을 지키는 단호함, 얼굴이 어떻게 보이든 신경 쓰지 않고 활짝 웃는 미소, 세월이 묻어나는 자연스러운 연륜……. 어쩌면 우리는 이런 것들을 더 가꾸려고 노력하며 살아야 하지 않을까.

미국에 살면서 자주 야외에서 햇볕을 쬐며 수영을 하다 보니 안 그래도 까무잡잡하던 내 얼굴은 더 까매졌고 여기저기에 주근깨도 돋아났다. 한국에 있는 언니와 화상 통화를 하다 보면 언니 얼굴은 하얗고 팽팽해서 오히려 내가 더 나이가 많아 보일 정도다. 언니는 내 얼굴을 뒤덮은 주근깨를 볼 때마다 수영을 그만두든지 그늘이 있는 수영장에서 수영을 하라며 아주 큰일이 난 것처럼 안절부절못한다. 그러다 정말 나중에 후회한다면서.

그런데 미국에서는 햇볕에 타서 피부가 까무잡잡하거나 주근깨가 많은 사람을 오히려 더 건강하게 여긴다. 영국 왕자와 결혼한 미국 배우 메건 마클은 주근깨가 많은 편인데 "주근깨 없는 얼굴은 별이 없는 하늘과 같다"라며 자신의 외모를 자랑스럽게 여기는 말을 하기도 했다. 이렇듯 한국에서 통하는 미의 기준이라는 건 세상이 바라보는 미의 기준과는 판이하게 다르다. 아니, 애초에 절대적인 미의 기준이란 건 존재하지도 않으니 나만의 미의 기준을 정해서 나 정도면 충분히 보기 좋다고 생각하며 살면 어떨까. 그런 당당함과 자신감이 더욱 그 사람을 돋보이게 만들지 않던가.

물론 여기까지는 내 생각이고, 나와 가장 가까이 사는 내 남편의 생각은 또 달랐다. 남편은 이전부터 여자가 예쁘게 꾸미는 것을 좋아했다. 그런데 결혼한 지 3년이 넘어가자 이제는 "당신은 내가 아는 다른 여자들과는 달라서 외모를 전혀 신경 쓰지 않지. 그래도 당신이 최고야"라고 말한다. 남편은 내심 내가 여전히 자신에게 예쁘게 보이려고 노력해주었으면 하지만, 다른 부분에서 좋은 점을 찾고 아쉬운 부분은 그런대로 받아들이기로 한 것 같다. 지금은 서로 간의 이런 차이점을 두고 농담을 할 정도까지 되었다. 어느 날은 내가 전신거울을 사다가 침실에 걸었더니 남편이 나를 쓱 쳐다보며 한마디 던졌다.

"추리닝이 잘 어울리는지 보려고 산 거야?"

그 말을 듣고 둘이서 깔깔대고 한참을 웃었다. "비 온 뒤에 땅이 굳어진다"라는 말처럼 우리 부부 역시 병을 겪으면서 더 많이 이해하고 배려하게 되었다.

나는 청년들은 다 아름답고 매력 있다고 생각한다. '빛나는 젊음'이라고도 하지 않던가. 젊은 열정, 때 묻지 않은 마음, 무한한 가능성, 긍정적인 에너지는 한 사람을 빛나게 한다. 그 자체만으로도 빛나는 게 젊음이다. 그러니 사회의 기준에 자신을 맞추려 전전긍긍하거나 남의 시선을 지나치게 신경 쓰기보다는, 그 시간과 노력을 자신만의 매력을 찾고 다듬는 데 쏟는 게 어떨까. 분명 모든 사람이 더 멋지고 개성 있는 모습으로 거듭날 수 있을 것이다.

나이가 들면 드는 대로 또 다른 새로운 미美가 있는 것 같다. 좀 더 여유로운 자세, 연륜으로 지혜로워진 모습, 이런 것들이 절대적인, 즉 세상 어느 곳에서도 공통적으로 통하는 진정한 '미' 아닐까. 나는 그렇게 나의 중년을 살고, 더 아름다워진 노년을 맞이하고 싶다.

부족한 부분보다는
잘하는 부분에 집중할 것

미국의 성공 이론 전문가이자 『타이탄의 도구들』의 저자 팀 페리스는 성공한 사업가와 운동선수 등 사회적으로 이름을 알린 200여 명의 사람들을 인터뷰하면서 평범한 사람과 월등한 사람의 차이점을 분석했다. 그는 우선 사람들에게 다음과 같은 질문을 던졌다.

"당신에게 공짜로 100시간을 드리겠습니다. 이 시간을 자신의 강점을 더 강화하는 데 쓸 건가요, 아니면 약점을 보완하는 데 쓸 건가요?"

대부분의 평범한 사람들은 100시간 중 상당 시간을 자신의 약점을 보완하는 데 쓸 것이라 대답했다. 학생들에게 공짜로 100시간을 주었을 때 자신이 가장 취약한 과목을 더 공부해 평균 점수를 올리겠다는 것처럼, 얼핏 보면 이는 논리적인 선택으로 보인다. 반면 월등한 사람들은 하나같이 자신의 강점을 더 강화하는 데 시간을 투자할 것이라고 대답했다. 즉, 결론적으로 자신이 잘하는 일에 집중해 그것을 더 잘하게 만들어야 비로소 그 부분에서 월등한 사람이 될 수 있다는 것이다.

나 역시 이러한 사실을 깨달은 후부터는 내가 잘하지 못하는 부분에 대해서는 오히려 깨끗이 포기하는 삶을 살아가고 있다. 이런 자세는 내 마음을 편안하게 만들어준다. 물론 옆에서 보는 사람은 답답하고 괴로울 수 있지만 말이다.

앞에서도 이야기했지만 이제 나는 더 이상 요리를 하는 데 시간을 많이 투자하지 않는다. 그보다는 그 시간에 내가 더 잘하는 것을 완벽하게 해내려고 애쓴다. 나는 다른 교수들에 비해 강의하는 데 재능이 있다는 말을 많이 들어왔다. 존스홉킨스 교수로 있으면서 계속 많은 것을 배우고, 또 그것을 가르치기도 하면서 다음 세대 소아정신과 의사들을 길러낸다는 것이 참으로 보람 있다. 젊은 의사들과 생각이

나 의견을 교환하는 그 시간이 무척이나 즐겁고 신난다. 배우는 이들도 나의 열정을 알아주었는지 2017년에는 존스홉킨스 소아정신과 펠로우십 졸업생들이 주는 우수 교육상을 받기도 했고, 그 전해에는 가장 인기 있었던 강의를 대상으로 하는 연말 앙코르 강의를 부탁받기도 했다. 그러니 나에게는 잘하지도 못하는 요리를 하느라 장을 보고, 재료를 다듬고, 레시피를 고민하느니 그 시간에 학생들에게 더 도움이 되는 강의를 구상하고 계획하는 편이 훨씬 효율적인 셈이다. 이렇게 좋아하고 잘하는 것을 선택하고 부족한 것은 버림으로써 일상과 마음에 더 여유가 생겼다.

소아정신과 의사인 내가 보기에도 나에게는 좀 심한 집중력 부족 과다행동장애 증상이 있다. 몇 년간 이런 나의 건망증을 곁에서 지켜본 남편은 지금껏 내가 큰 사고를 치지 않고 살아온 것에 대해 "It's a miracle(기적이군)"이라고 말하기까지 한다. 내 행동을 돌아보면 스스로도 납득이 되는 말이다. 요리 후 가스 불을 끄지 않은 채 쉬고 있다가 남편이 우연히 발견해 끈 적도 몇 번 있고, 차고 문을 열어둔 채 하루 종일 일하고 들어오는 일은 다반사였다. 운전을 하면서 라디오를 듣다가 딴생각에 빠진 탓에 접촉사고를 낸 적도 있었고, 심지어 결혼 전에는 요리를 한답시고 오븐을 쓴 뒤 4일 동안 그 사실을 까맣게 잊은 채 틀어놓은 적도 있었다. 이런 나의 행동을 남편은 전혀, 아니 당연히 이해하지 못했다. "아니, 가스를 썼으면 당연히 꺼야지. 그걸 어떻게 까먹을 수 있어?" 물론 남편의 말에 반박할 여지는 전혀 없다.

심지어 남편은 약을 먹거나 치료를 받아야 하는 것 아니냐고 조심스레 제안하기도 했다. 일리가 있는 말이지만 사실 나는 남편의 뜻에 따를 생각이 별로 없다. 심지어 내가 환자들에게 가장 자주 처방하는 약이 집중력 부족 과다행동장애 약들인데도 말이다. 이렇게 자주 깜빡하고 실수를 저지르는 것은 한 가지 일에 집중하지 못하는 탓이기도 하지만, 개인적으로 나는 이런저런 생각을 많이 하고 여러 가지 일에 관심이 많아서라고 생각한다. 그런데 이렇게 잡생각이 많은 것이 나라는 사람의 특징이다. 그러니 큰 문제가 일어나지 않는 한 꼭 약을 먹어 나를 바꾸고 싶은 생각은 없다. 물론 내게 아이가 있었다면 아이의 안전을 위해서라도 반드시 약을 먹었겠지만.

마음이 흐르는 대로

그 대신 나는 중요한 일정이나 행사들을 잊어버리지 않기 위해 캘린더와 알람 기능을 수도 없이 활용한다. 차고 문에는 자동으로 닫히는 타이머를 설치했고, 시간이 지나면 자동으로 꺼지는 인덕션을 사용함으로써 화재의 위험성을 낮추는 것을 고려하고 있다. 내게 버거운 일들을 내 힘만으로 애써 해결하려고 노력하기보다는 그런 일들은 철저히 다른 사람의 손이나 현대 과학 기술에 맡겨두고, 나는 내가 잘하는 부분을 더 발전시키기 위해 시간을 투자하는 것이다.

게다가 나는 손에 들고 있던 물건을 잘 흘리기로도 유명하다. 고등학생 때 나간 화학경시대회에서 실험 도중 시험관들이 꽂혀 있던 스탠드를 떨어뜨리는 바람에 시험관을 다 엎어버린 뼈아픈 기억도 있다. 남편은 내가 샤워를 하고 나오면 어떻게 잠깐 샤워하는 사이에 그렇게 많은 물건을 떨어뜨릴 수 있느냐며 놀랄 정도다. 그런데 영문으로만 되어 있는 키보드로 한글 자판을 치는 모습을 볼 때면, 대체 또 그런 능력은 어디서 나오는 거냐며 의아해한다. 그럴 때마다 나는 한국에서 15년간 단련한 '근육 메모리muscle memory' 덕분이라며 웃으며 응수한다. 이렇듯 비슷한 신체적 기능에서도 내가 잘하는 것과 못하는 것은 심하게 차이가 난다.

가까이서 볼수록 나라는 사람은 어딘가 모르게 부족하고 어설픈 부분이 많지만, 특별히 그런 점들을 부끄러워하지는 않는다. 간혹 노트북과 같은 비싼 물건을 떨어뜨려 망가뜨리거나 자동차를 어디에 주차했는지 기억하지 못해 지친 몸으로 20분 넘게 우왕좌왕할 때는 매우 괴롭지만, 그럴 때마다 스스로를 너무 나무라지 않으려고 한다. 단지 내가 잘하는 것과 부족한 것이 다를 뿐이라고 여기며, 부족한 부분은 다른 방법을 통해 메우려고 노력하고 있다(그런 의미에서 주차한 차량을 나에게로 부를 수 있는 테슬라의 전기자동차는 꼭 사야겠다는 생각이 든다).

미국의 심리학자 에이브러햄 매슬로는 인간의 동기가 작용하는 양상을 설명하는 5단계 욕구 이론을 제시했는데, 간략하게 설명하자면 다음과 같다. 인간의 가장 기본적인 1단계 욕구는 물과 음식과 잠과 같은 생리적 욕구이고 2단계는 안전의 욕구, 3단계는 애정과 소속의 욕구 그리고 4단계는 존경받고 싶은 욕구다. 이 모든 게 충족되면 마지막

5단계 욕구를 갈망하는데 이는 자아실현의 욕구로, 물질적인 것이나 외부 또는 타인으로부터 오는 욕구가 아닌 철저히 자신 안에서만 우러나오고 또 자신에 의해서만 충족될 수 있는 최상위 욕구다. 즉, 참된 나 혹은 내가 참으로 이루고 싶은 것들을 찾고, 그것을 온전히 표현하고 실현하는 욕구가 충족된다면 우리의 모든 욕구가 충족되었다고 보는 것이다. 타인과 사회가 뭐라고 하든 내가 좋아하는 일, 내가 잘하는 일에서 내가 이룰 수 있는 최상의 성과를 거두었다면, 그 누구도 그것을 나 자신의 잣대가 아닌 다른 잣대로 재고 판단할 수 없다는 뜻이다.

언젠가 '중심 잡기 예술가'로 불리는 변남석 작가의 인터뷰를 읽은 적이 있다. 그는 인터뷰에서 이렇게 말했다.

"대개 사람들이 큰 것을 아래에 놓고 점점 작은 것을 위에 쌓아 올리잖아요. 그런데 저는 작은 것을 아래에 놓고 큰 것을 위에 쌓아보고 싶었습니다."

이렇게 그는 남들과 반대로 생각하고 독특한 점을 포착해 예술로 승화시키면서 명성을 얻었다. 이로 인해 그가 큰 부를 쌓았는지는 모르겠다. 하지만 자신의 열정에 몸과 마음을 다하면서 성취감을 느끼고 자아실현의 욕구를 충족하고 있다는 사실만큼은 분명해 보였다.

　내가 치료하던 아이 중 눈에 띌 만큼 만화를 잘 그리는 열세 살의 자폐증 남자아이가 있었다. 나는 그에게 미술 치료를 권해주었고, 그는 거기에서 비로소 자신의 재능을 맘껏 발휘하고 있다. 언젠가 이 아이도 자신의 예술성을 키워서 그것을 직업으로 삼았으면 좋겠다는 바람이 생긴다. 수많은 아이들을 보다 보면 아이들 각각의 장점과 단점이 천차만별이다. 수에 능한 아이, 언어에 능한 아이, 그림과 음악과 체육과 게임에 능한 아이, 사회성이 좋은 아이, 창의성이 뛰어난 아이, 공간지각 능력이 좋은 아이, 기억력이 뛰어난 아이, 시각적 인지기능이 뛰어난 아이, 청각이 두드러지게 뛰어난 아이까지…….

　이는 하버드대학교 교육학 교수인 발달심리학자 하워드 가드너 박사가 말한 '다중지능이론'과도 상통하는 것으로, 아이들의 지능은 IQ 검사 수치같이 한 가지로 설명되는 것이 아니라, 그 아이 안에 다양한 분야의 지능이 공존한다는 의미다. 이렇게 다양한 지능은 그 아이의 타고난 관심과 재능에 의해 많이 좌우되므로, 아이만의 뛰어난 점을 더 발전시켜주는 교육을 하면 아이는 더 즐겁고 재미있게 배울 수 있을뿐더러 재능을 충분히 발휘할 기회까지 얻게 된다. 아이에게 부족한 것이 있다면 그를 더 많이 연습해 잘하도록 훈련시키는 것이 우리가 아는 보편적인 교육의 방향이지만, 나는 그보다 아이가 재능을 보이고 잘하는 것을, 혹은 좀 쓸데없어 보이고 특이한 것을 더 장려해보는 건 어떨까 한다. 자신이 잘하고 좋아하는 것을 할 때 더 건강한 자존감을 갖고 참다운 자신의 모습으로 살아갈 확률도 높아지기 때문이다.

중요하지 않은 일에
"No"라고 이야기할 것 ——————

애초에 삶은 무한하지 않고, 삶 속에서 내가 발휘할 수 있는 에너지 역시 한정되어 있다. 그러니 꼭 필요한 부분에 좋은 에너지를 사용해 삶을 가치 있게 꾸려나가야 한다.

나는 갑작스러운 병으로 평범한 사람들보다 훨씬 적은 에너지로 살아내야 한다는 과제를 부여받았다. 내가 가용할 수 있는 에너지와 시간은 예전보다 현격히 부족해서, 이제는 많은 일에 "No"라고 대답할 수밖에 없다. 정말로 하고 싶은 일이어도 내가 해낼 수 있는지를 더 세심하고 깐깐하게 따져 판단할 수밖에 없는 것이다.

마음이 흐르는 대로

이런 상황에 놓이니 내 삶에서 무엇이 더 중요하고 덜 중요한지, 무엇을 먼저 하고 무엇을 나중에 해야 할지 결정하는 일조차 쉽지 않았다. 하지만 숱한 고뇌 끝에 나는 세상에 존재하는 수많은 일 중에 내가 정말로 좋아하는 일, 즉 마음이 흐르는 곳에 있는 일을 가장 우선순위에 두어야 한다는 진리를 깨달았다.

다른 사람을 실망시키지 않기 위해 혹은 남에게 잘 보이기 위해 내가 원하지 않는 일을 꾸역꾸역 하기엔 내 시간과 에너지가 너무나 소중하다. 인간관계에서도 마찬가지다. 이제는 예전처럼 새로운 사람을 만나 마음껏 관계를 이어가기도 쉽지 않고, 정말 친했던 친구들조차 자주 만나기가 어렵다. 누구를 만나고 누구와 관계를 오래 맺을 것인가에 대해 고민하기 시작하자 정말로 내 주변에 두어야 할 소중한 사람들을 추려낼 수 있었다. 그리고 나는 매일 마음속으로 스스로에게 이렇게 말한다. "내가 진정으로 원하는 일만 하기에도 삶은 너무나 짧다."

미국에서 자가면역질환이나 그 밖에 만성 질환을 앓고 있는 사람들 사이에 '숟가락 이론 spoon theory'이라는 말이 자주 사용된다. 이는 자신의 에너지를 숟가락에 비유한 말로, 어떤 일에 필요한 에너지에 따라 사용되는 숟가락의 개수가 달라진다는 뜻이다. 예를 들어 밥을 먹는 일에는 숟가락한 개가 필요하고, 샤워를 하는 일에는 숟가락 두 개가 필요하며, 직장에서 일하는 데에는 숟가락 여섯 개가 필요하다는 식이다. 평범한 사람이야 숟가락을 많이 가지고 있어서 다양한 일을 해낼 수 있지만, 몸이 아픈 사람은 애초부터 갖고 있는 숟가락의 개수가 적기 때문에 많은 일을 해낼 수 없다. 만약 나에게 하루에 숟가락 열 개가 주어진다면 하루 동안 이 숟가락을 어떻게 사용할지 신중하게 생각해야 한다. 오전에 무리해서 숟가락을 여덟 개 사용하고 나면 오후와 밤에는 두 개의 숟가락으로 살아야 하고, 하루가 끝나기전 숟가락을 다 사용해버리면 완전히 지친 채로 며칠을 푹쉬어야 몸을 회복할 수 있다.

이런 식으로 생각해보면 예전에는 중요하다고 생각했던 많은 일을 이제는 좀 더 쉽게 포기할 수 있게 된다. 이를테면 별로 친하지 않았던 친구의 생일 파티나 직장 동료 자녀의 돌잔치 같은 일들 말이다. 스스로에게 진심으로 참석하고 싶은 일들에만 가도 된다고 허락해주고 나니 마음도 더

마음이 흐르는 대로

편안해진다. 또한 나는 강의하는 것을 무척 좋아하긴 하지만 그래도 몸을 회복하는 일이 더 우선이기 때문에 아직까지 강의를 맡지 않고 있기도 하다.

이렇게 나에게 더 중요하고 의미 있는 일을 찾고 나니 오히려 내게 주어진 시간이 더 소중해졌다. 쉬는 시간도 명상을 하거나 제대로 쉬면서 예전처럼 헛되이 흘려보내지 않도록 노력한다. 또한 한 번에 너무 많은 일을 하려고 애쓰기보다는 적당히 기다리면서 일이 자연스럽게 흘러가도록 내버려두는 법도 배웠다.

방에 쓸데없는 물건이 너무 많으면 꼭 필요한 물건을 찾기가 어렵듯이 나를 둘러싼 일들도 이것저것 너무 많으면 정말 중요한 일을 해내기가 어려워진다. 정작 중요한 일에 쓸 시간과 에너지가 줄어드는 것은 물론이고 집중도도 흐려지기 마련이다. "삶의 지혜는 중요하지 않은 것들을 제거하는 데 있다"라는 중국인 학자 린위탕(임어당)의 말처럼, 우리는 하루하루 내게 중요하지 않은 것들을 덜어내는 데 힘써야 한다. 그리고 이렇게 하기 위해서는 반드시 "No"라고 말할 용기가 필요하다. 누군가의 요구에 "죄송하지만 제가 지금 하고 있는 프로젝트가 너무 많아서 이 일까지는 못하겠습니다"라든가 "저도 참여하고 싶은데 이 일은 제 일이 아닌 것 같습니다. 더 적합한 사람을 찾으시길 기원합니다"라고 잘 거절할 줄 알아야 한다.

리더십 컨설턴트이자 『에센셜리즘』의 저자 그렉 맥커운은 다른 사람의 부탁이나 초대에 거의 대부분 "No"라고 대답해야 하고, 아주 중요하고 의미 있는 소수의 일에만 "Yes"라고 답해야 한다고 말한다. 그 일환으로 상대의 마음을 상하게 하지 않는 일곱 가지 공손한 거절 방법을 제안했다. 여기에서 간단하게 소개해보면 다음과 같다.

첫째, 대답하기 전에 좀 머뭇거린다. 3초 정도 생각하는 듯이 한 박자 쉬고 그다음에 대답한다.

둘째, 가급적 전화보다는 이메일로 답한다. 이메일로 거절하기가 더 쉬우므로.

셋째, 일단 스케줄을 체크해본다는 말로 보류하고 그다음 거절한다.

넷째, 중요한 일에 집중하고 있을 때는 지금은 너무 바빠서 답장하기 곤란하다는 이메일 자동 답장을 만들어둔다.

다섯째, 상사에게 여러 업무를 받았다면 우선순위를 함

께 논의하여 먼저 처리해야 할 일, 나중에 처리해도 되는 일을 결정한다.

여섯째, 차를 태워달라고 하면 그 대신 차를 빌려주는 식으로 자신의 시간을 아끼는 새로운 대안을 제시한다.

일곱째, 그 일에 자신보다 더 적합한 사람을 소개해주면서 거절한다.

이제 나는 남편이 내게 "친구들이 이번 파티에 초대한다는 메시지를 보냈는데 함께 갈 수 있어?"라고 물어보면 "정말로 가고 싶어서 가는 거야, 아님 가야 할 것 같아서 가는 거야?"라고 되묻는다.

진심으로 하고 싶은 일만 하고 살아도 내 시간과 숟가락이 부족하다. 미안하지만 어렵겠다고, 아쉽지만 못 가겠다고 거절하는 것은 절대 나쁘고 못된 행동이 아니다. 나 역시 처음에는 쉽지 않았지만 부드럽게 거절하는 법을 혼자서 여러 번 훈련했다. 맥커운의 말처럼 "No"라는 대답을 좀 더 일상화하고 "Yes"를 더 특별하고 값진 일에 써보면 어떨까.

병과 죽음 역시
삶의 일부라는 것

    정신과 레지던트 과정을 수료하려면 반드시 노인 질환 클리닉을 거쳐야 한다. 그곳에 있는 대부분의 환자는 치매를 앓고 있는데, 보통은 환자의 배우자나 자녀들이 환자를 모시고 병원에 온다. 한번은 언뜻 보기에도 무척 고운 백발의 할머니가 남편의 부축을 받으며 병원을 찾은 적이 있다. 이야기를 들어보니 두 분 모두 학식이 뛰어난 대학교수로 학계에서 활발히 활동하다가 은퇴를 했다고 했다. 젊을 때부터 야무지고 똑똑하기로 유명했던 아내가 갑자기 말을 잘 하지 못하자 놀란 할아버지가 병원에 데리고 왔고, 할머니는 치매 중에서도 그리 흔하지 않은 전측두엽 치매 진단을 받고 치료를 받던 중이었다.

치매 환자였지만 할머니는 옷차림과 화장이 단정했고 얼굴에 미소도 가득했다. 그러나 우리가 이런저런 말을 걸어보면 질문에 전혀 상관없는 대답을 하거나 알 수 없는 단어를 계속 늘어놓았다. 몇 분 전만 해도 방싯방싯 웃고 있었는데, 자신이 사람들의 말을 잘 알아듣지도 못하고 제대로 대답하지도 못하고 있다는 걸 깨달았는지 일순간에 울상이 되기도 했다. 곁에 있던 할아버지는 할머니에게 다 괜찮으니 걱정 말라며 손을 꼭 잡아주었다.

치매는 퇴행성 질환이다. 안타깝게도 시간이 지날수록 그 할머니가 할 수 있는 일은 점점 줄어들 것이 분명하다. 옷을 챙겨 입고 외출을 준비하는 일도 힘들어질 것이고, 걷고, 밥을 먹고, 화장실에 가는 아주 일상적인 생활조차도 점점 불가능해질 확률이 높다. 의사로서 이런 이야기를 전할 때가 가장 괴롭다. 역시나 이런 내 말을 듣던 할아버지는 하염없이 눈물을 삼켰고, 곁에서 할머니는 영문을 알 수 없다는 표정으로 할아버지를 빤히 쳐다보기만 할 뿐이었다.

치매는 무서우리만큼 가혹한 병이다. 삶의 모든 아름다운 기억을 지워버리고, 배우자와 자녀, 심지어는 자신의 존재와 이름까지도 모두 머릿속에서 지우고 마니까. 이러한 사실을 아는 초기 치매 진단 환자들은 두려움에 휩싸인다. 시간이 지날수록 자신이 잃어갈 기억과 인지 기능을 생각하면서, 앞으로 서서히 사라지게 될 자신의 모든 인생을 떠올리면서 극심한 불안감에 몸서리친다. 나 역시 병으로 심한 두통을 앓을 때 사고가 어렵고 단어가 잘 생각나지 않는 경험을 했는데, 당시에는 정말로 두려웠다. 바로 이런 때에 우리가 의사로서 환자와 가족들에게 해줄 수 있는 유일한 일은 진행을 늦추는 약을 처방하거나 가족들에게 안전 교육을 시켜서 그 환자가 최대한 안전하게 기능을 보전하면서 살아갈 수 있도록 지원해주는 것뿐이다. 이 혹독한 질환에 아직 완치란 없으니까 말이다.

애석하게도 치매는 예측하거나 예방하기도 매우 힘들다. 이렇게 똑똑하고 고운 할머니가 어쩌다가 이런 병에 걸리게 되었을까, 어떻게 해야 치매를 막을 수 있었을까 고민해보지만 아직 현대 의학으로는 명확한 해답을 찾을 수 없다. 이처럼 병은 아무런 예고와 이유 없이 우리의 삶을 송두

리째 집어삼키지만 인간으로서는 그저 겸허히 받아들이고 담담히 따르는 방법밖에는 없다.

레지던트로 수련하던 시절에 뇌졸중 중환자들이 있는 신경과 병동에 파견되어 일한 적이 있었다. 그곳에서 나는 심한 뇌경색이나 뇌출혈로 인해 혼수상태에 빠져 병원으로 온 환자들을 숱하게 보았다. 의사로서 할 수 있는 치료는 뇌압을 내리고, 염증을 줄여주는 수액과 약물을 쓰면서 환자가 깨어나기를 기다리는 것뿐이다. 게다가 그 병변이 얼마나 큰 손상을 일으켰는지도 환자가 깨어나야만 비로소 면밀하게 파악할 수 있다.

내가 보던 한 환자는 크게 성공한 사업가였는데, 심장에 부정맥이 있어서 항응고제를 쓰며 부정맥으로 인한 혈전(응고된 피)이 생기는 것을 방지하고 있었다. 혈전이 생기면 그것이 혈관에 떠다니다가 작은 혈관을 막아 심장마비나 뇌경색을 일으킬 수 있기 때문이다. 이렇게 상태를 잘 유지하고 있던 중 환자는 어느 날 친구들과 골프를 치다가 운 나쁘게 골프공에 얼굴을 맞아 출혈이 일어났고, 병원으로 이동한 뒤 출혈을 멈추기 위해 항응고제를 잠시 중단했다. 그런데 운명이란 게 왜 이리도 가혹한지, 항응고제를 쓰지 않고 멈춘 그 잠깐 사이에 심장에 혈전이 생겨 혈관을 타고 뇌까지 가고야 말았다. 결국 혈전은 뇌혈관을 막았고, 그는 뇌경색으로 의식 없이 중환자실에 입원하는 신세가 되었다.

그렇게 건강하던 사람이, 또 치료를 잘 받고 있던 사람이 작은 골프공에 맞은 일 하나로 죽음의 문턱에 서게 될 줄 누가 알았겠는가. 급히 혈전을 녹이는 약물을 다시 투여했지만 상황은 쉽게 호전되지 않았다. 의사로서 할 수 있는 일은 더 이상 없었고, 가족들에게 만약의 경우를 대비해 마음의 준비를 하라고 일러두었다. 그렇게 며칠이 지났을까, 그는 내가 당직을 서던 밤에 심폐 정지 상태가 되었고, 급히 심폐소생술 팀을 호출하여 최선의 노력을 다했지만 끝내 숨을 거두고 말았다.

이 환자를 떠올릴 때마다 나는 이런 생각이 든다. 죽음이란 '호시탐탐 기회를 엿보다가 작은 틈을 발견하는 순간 우리의 삶을 확 낚아채 영원히 잠들게 하는 것'이라고. 이 환자는 내가 당직을 섰을 때 사망한 첫 환자였다. 그 이후로도 나는 여러 환자를 떠나보내야 했다.

마음이 흐르는 대로

20년 가까이 의사로 일해오면서 죽음이라는 것은 삶의 끝이기도 하지만 어떻게 보면 삶의 연장선 중 한 부분이기도 하고, 혹은 삶의 일부분이기도 하다는 것을 배우고 있다. 즉, 죽음을 무조건 피하거나 최대한 미루어야 할 절대 악으로 보기보다는, 예상치 못한 순간에 오더라도 잘 받아들여야 할 내 삶의 일부로 여겨야 한다는 것이다. 결국 우리는 삶을 살아가면서 어떻게 살아가야 하는지를 배우는 동시에, 또 어떻게 죽어가야 하는지도 배워야 하는 것 아닐까.

또 개인적으로 병을 직접 겪으면서 병 역시 죽음처럼 삶의 일부라는 것을 다시금 실감했다. 의학이 아무리 많이 발전했다지만 여전히 현대 의학으로 고치지 못하는 병이 수없이 많다. 또 어느 정도 손을 쓸 수는 있다고 해도 완치할 수 없는 질환 역시 허다하다. 그래서 의사의 일이라는 게 완전한 치료가 아닌, 자연적으로 회복할 수 있게 도와주는 역할일 때도 많다. 수술도 마찬가지다. 칼을 대고 병이 있는 부위를 도려내는 건 의사의 일이지만 그 이후의 일, 즉 회복하는 것이나 다시 발병하지 않도록 관리하는 일은 오롯이 환자의 몫이다. 의학과 의술로 상처가 감염되지 않게 항생제를 투여하더라도 결국 상처와 싸우는 것은 환자의 조직

재생 능력과 면역력인 셈이다. 그런 의미에서 나는 의사로서 늘 나의 지식과 능력에 자만하지 말고 겸손하게 임할 것을 다짐한다.

어느 누구도 살면서 병을 피할 수는 없다. 아무리 건강한 음식을 먹고 건강한 습관을 유지한다고 해도 질병이란 딱 공식에 맞게 우리 삶에 찾아오는 것이 아니다. 담배 한번 안 피워본 사람이 폐암에 걸리기도 하고, 어제까지만 해도 잘 달리던 운동선수가 하루아침에 심장 질환으로 급사하는 것을 얼마나 자주 목격하는가. 물론 건강한 습관을 유지하면 건강하게 늙어갈 확률이 높은 건 사실이지만.

큰 병을 진단받고 나서도 자신은 이런 병에 걸릴 줄 짐작하고 있었다며 담담히 받아들일 수 있는 사람은 아무도 없다. 거의 모든 사람이 "남들은 저렇게 막 살아도 건강하게 잘 사는데 왜 열심히 살고 건강을 챙기면서 산 나에게 이런 병이 오는 거야?" 하며, 자신의 불운에 대해 억울함을 느끼고 호소한다. 그렇지만 나는 이제 질병이 절대적인 악이나 벌이라고 생각하지 않는다. 병이 그저 삶의 한 부분임을 깨달은 것이다. 죽음이란 삶의 연장선상에 있는 한 점이며 질병도 죽음으로 가는 삶의 선 위에 여기저기 찍혀 있는 점이라고 생각하다 보면 갑자기 찾아온 병도 덜 억울하고, 덜 서럽게 받아들일 수 있게 된다. 내 인생이라는 선을 이루어가는 데 이런 '병'이라는 점들은 어떻게 보면 뺄 수 없는 부분인 것이다. 그렇기에 나도 내 인생이 병 때문에 동강이 났다든가, 끝났다든가 하며 비관하기보다는 병이라는 점 역시 내 인생의 한 부분이며 병과 인생은 함께 '동시 진행형'이라고 생각하려 한다.

물론 나도 처음에는 원망하는 마음이 컸다. 병이 내 인생을 송두리째 빼앗아간 것 같아 억울하기도 했다. 그러나 이제는 나의 병을 내 삶의 일부분이자 나의 일부분으로 기꺼이 받아들였다. 여전히 어렵고, 여러 가지 힘든 적응이 요구되는 과정이지만 그저 나라는 사람의 삶을 병과 함께 계속 살아가기로 마음먹었다.

생각하는 대로
삶이 흘러간다는 것 ──────

최근에 나는 남편과 마이애미에 다녀왔다. 워싱턴에서 출발한 뒤 샬럿더글러스공항을 경유해 마이애미에 도착하는 일정이었다. 그런데 경유하는 공항에서 비행기를 갈아탈 때 그만 일이 터지고 말았다. 갈아탈 비행기를 기다리는 두 시간 사이에 노트북이 든 컴퓨터 가방을 잃어버린 것이었다. 얼마 전에 무려 400만 원 가까이 주고 산 새 노트북이었고 거기에는 강의에 필요한 자료도 많이 저장되어 있었다. 급히 내가 지나온 자리들을 샅샅이 뒤지고 여기저기 물어도 보았지만 결국 찾을 수 없었고, 남편과 나는 비행기 시간이 임박해 공항을 떠날 수밖에 없었다. 노트북을 잃어버린 나 자신보다 더 크게 화가 난 남편을 달래며 말했다.

"누가 내 노트북을 주웠다면 당연히 분실물 센터에 줬을 테니 곧 연락이 올 거야. 걱정 마."

"아니, 그런 최신 노트북은 누구라도 좋아하면서 주워가서 자기가 쓰든 아님 고가에 팔아 넘기지. 당신 너무 비현실적으로 좋게만 생각하는 거 아냐?"

공항을 떠나며 나는 분실물 센터에 전화번호를 남겼다. 남편은 끝까지 나의 그러한 믿음을 못마땅해했다. "아니, 당신은 어떻게 그렇게 컴퓨터를 찾을 수 있을 거라 확신해? 앞으로 물건 좀 잃어버리지 않게 주의해."

아프기 전까지만 해도 나는 세계적으로 손꼽히는 빈곤 국가나 위험하다고 하는 지역들을 많이 여행했다. 그곳에서도 나는 내가 만나는 그 지역 사람들이 나를 해할 것이라 생각하며 무작정 그들을 경계하지 않았고, 실제로 많은 도움을 얻기도 했다. 이 세상에는 온통 믿을 수 없는 사람들뿐이라 모든 걸 조심해야 한다고 말하는 사람과, 반대로 올바르고 선한 사람이 더 많으니 너무 겁내지 말고 일단 부딪쳐

보라고 말하는 사람이 있다고 가정해보자. 전자의 경우 자신의 경험을 가장 안전한 경우의 수로만 제한하기 때문에 대체로 무사한 삶을 살아갈 것이다. 그러면서 자신의 주의 때문에 위험한 일을 피했다고 생각하며, 계속 자신의 부정적인 세계관을 더욱 확고히 다져갈 것이다. 반대로 후자의 경우는 전자에 비해 이런저런 일을 많이 겪을 것이다. 때로는 위험에 빠지거나 불가능해 보이는 일에 도전하느라 진을 빼기도 할 것이다. 하지만 그러면서 동시에 모든 일이 서로 도우면 잘 해결되기도 한다는 걸 경험하고, 자신의 긍정적인 세계관을 더 단단히 확립해갈 것이다.

사람의 생각에는 현실을 제어하는 큰 힘이 있다. 식이장애eating disorder가 있는 환자들은 자신의 마른 몸을 거울로 보면서도 뚱뚱하다고 인식한다. 단지 그렇다고 생각만 하는 게 아니라, 실제 자신의 눈으로 마른 몸을 봐도 그렇게 보이는 것이다. 그런데 그들에게 자신의 몸 실루엣을 보여주고 다른 사람의 몸이라고 하면, 그때는 일시적으로 그 몸이 뚱뚱하지 않다는 것을 객관적으로 인식한다. 이렇듯 자신의 몸이 뚱뚱하다는 그 '생각'이 때로는 현실의 거울에 그

대로 비쳐 보이기도 한다.

과거에 했던 경험과 평소 갖고 있던 믿음들은 우리의 뇌가 감각을 통해 외부 상황을 접하고, 인식하고, 해석하는 과정에 무의식적으로 큰 영향을 미친다. 그렇기에 두 사람이 똑같은 상황에서 똑같은 일을 겪어도 전혀 다른 해석을 내놓는 것이다. 우리는 바로 이 점을 긍정적으로 이용해야 한다. 모든 사람이 경험하고 느끼는 현실이 다 다르다면, 결국 내가 보는 현실을 나의 생각에 따라 만들어갈 수 있지 않을까. 남편의 확신과 달리, 그 이후 나는 분실물 보관소에서 내 노트북을 보관하고 있다는 연락을 받았고 돌아오는 길에 소중한 노트북을 다시 만날 수 있었다.

우리는 이 세상의 상당 부분을 내가 생각하는 대로 인식한다. 넬슨 만델라가 영국의 시인 윌리엄 어니스트 헨리의 "I am the master of my fate: I am the captain of my soul(내가 내 운명의 주인이고 내 영혼의 대장이다)"이라는 구절을 인용해 말한 것처럼, 그 무엇도 아닌 바로 내가 내 세상의 중심인 것이다. 이는 내가 세상에서 제일 중요한 사람이라서 다른 사람이 모두 내 생각에 따라야 한다는 편협함과 오만함이 아니며, 이기적이거나 남을 해치는 사고방식과도 거리가 멀다. 그보다는 내가 원하는 대로 삶을 살아도 되고, 내 삶의 중심은 바로 나이므로 내가 지각한 세상의 역사는 내가 쓴다는 의미다. 자신의 삶을 다른 사람이 써주는 대로 살고 싶은 사람은 아무도 없다. 그러니 자신의 삶에서 처한 모든 상황을 가능한 한 긍정적으로 보려고 노력하고, 내 역사는 오직 나만이 써나갈 수 있다고 믿다 보면 실제 우리의 삶은 생각하는 대로 흘러가는 경우가 더 많다.

미국 인디언 문화에서 전해지는 이야기 중에 '두 마리 늑대' 이야기가 있다. 할아버지가 손자에게 이렇게 말했다.

"모든 사람 안에는 두 마리의 늑대가 싸우고 있단다. 한 마리의 늑대는 화와 원망, 걱정과 두려움으로 가득 찬 늑대고, 다른 한 마리는 희망과 사랑, 평화와 기쁨, 감사로 가득 찬 늑대지."

그러자 손자는 "그럼 두 마리 늑대가 싸우면 어느 늑대가 이기나요?"라고 물었다. 그러자 할아버지는 이렇게 대답했다.

"네가 먹이를 주는 늑대가 이기지."

마음이 흐르는 대로

이처럼 우리의 삶은 내가 말하고 생각한 방향대로 흘러간다(이를 자기성취예언self-fullfilling prophecy이라고 한다). 그러니 내가 쓰고 싶은 내 세상의 역사를 긍정적으로 생각하면서, 그렇게 생각하는 대로 점점 가까워지는지 실험하고 경험해본다면 우리 삶은 더욱더 흥미롭고 아름다워지지 않을까.

눈물 흘리는 것을 부끄러워할 필요는 없었다.

왜냐하면 눈물은 그 사람이 엄청난 용기,

즉 시련을 받아들일 용기를

가지고 있다는 것을 의미하기 때문이다.

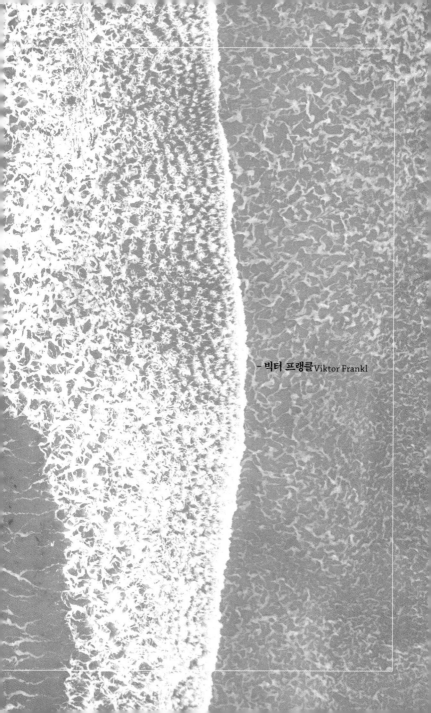

- 빅터 프랭클Viktor Frankl

Follow Your Heart

3장.

내 안에서
나를 만드는 것들

나는 우리나라에서 가장 보수적이고 가부장적인 지역으로 알려진 대구에서 둘째 딸로 태어났다. 아버지는 첫째 딸이 태어나고 어머니가 둘째를 가졌을 때 이번에는 반드시 아들일 거라 철석같이 믿고 계셨다. 주변 사람들을 향해 "나는 이제 딸은 안 낳는다. 딸을 뭐 하러 둘씩이나 낳노!" 하며 장담하고 다니시기도 했다. 이후 산일이 되자 큰고모가 어머니를 병원에 데려 가셨고 그때 그곳에서 내가 태어났다. '여지없는 딸.' 직장에서 일을 하다 달려온 아버지는 내가 딸인 걸 보고 너무 화가 난 나머지 산모인 어머니와 갓난아이인 나를 내버려두고 그대로 병원을 휙 나가버리셨단다. 병원비마저도 주지 않아서 큰고모가 대신 자신이 가진 돈을 탈탈 털어 내어주고는 어머니를 데리고 나오셨다. 병원비가 모자랐음에도 딸 낳았다고 남편에게 버림받은 산모와 갓난아이가 불쌍해 병원에서는 그냥 퇴원시켜 주었다고 한다. 아버지는 그날 이후 자신이 또 딸을 갖게 되었다는 창피함 때문에 사흘을 직장에도 나가지 않고 잠적하셨다. 그렇게 나는 아버지에게조차 환영받지 못한 아이로 세상에 발을 내디뎠다.

한번은 내가 성인이 되어 호적등본을 뗄 일이 있었는데, 부모님이 내 호적을 등록한 기록일이 1980년으로 되어 있어서 깜짝 놀란 적이 있다.

"아빠, 내가 1976년에 태어났는데 4년이 지난 1980년에야 출생신고를 올린 걸로 돼 있네. 어떻게 된 거고?"

"나는 니 출생신고를 제때 했는데 아마 직원이 실수로 안 올렸나 보지……."

좀 이상했다. 내 출생이 그다지 달갑지 않았고 또 워낙 바쁘다 보니 넘겨버린 것 아니었을까. 아니면 내가 신생아기와 유아기를 잘 버티고 살아남을지 두고 보신 건 아닐까. 실제로 나는 대구에서 자라면서 "누구네 집 딸이 태어났는데 출생신고도 하지 않고 그냥 죽게 내버려 두었다"라는 이야기를 몇 번이나 들었다.

어머니 역시 1980년이 되어서야 이전 신고를 하려고 호적등본을 떼었다가 그때까지 내가 법적으로는 존재하지도 않는 사람이었다는 걸 발견하셨다. 그런데 이번에는 내가 몇 년도에 태어났는지 기억하지 못해서 실수로 1976년 용띠 해가 아닌 1975년 토끼띠 해에 태어났다고 등록하셨다고 한다. 지금으로서는 상상도 못 할 일이겠지만 그때 나라는 존재는 경상도에서 쓸모없이 여겨지던, 그래서 그저 알아서 잘 자라야 하는 여자아이 중 하나였다. 툭하면 "여자들은 이래가 안 된다 카이!"라는 말을 아버지에게 수도 없이 들으며 어린 시절을 보냈다.

어릴 적 나는 선머슴아 또는 골목대장으로 통했다. 여자아이들을 괴롭히는 남자아이들이 있으면 흠씬 두들겨 패주는 그런 아이였다. 여자아이들이 즐겨 하는 인형놀이나 소꿉놀이는 잘 하지도 않았고 치마도 거의 입은 적이 없으며 레이스 달린 옷도 싫어했다. 남자아이들처럼 늘 짧은 머리를 하고 다녔고, 이후에도 자라는 내내 줄곧 특별히 내가 여성스럽다고 느껴본 적이 별로 없다.

때때로 내가 다시 태어난다면 남자로 태어났으면 더

좋았을까 하는 생각도 해봤다(물론 지금 생각은 전혀 다르다). 아버지는 내가 아들이었으면 또는 자신에게 아들이 있었으면 하는 마음을 자주 내보이셨다. 심지어 아기때 남자아이 한복을 입혀놓고 찍은 사진이 있을 정도였으니까. 그러다 보니 지금에 와서는 내가 '타고난' 선머슴아였는지, 아니면 아버지가 내뱉은 여성을 비하하는 말들과 우리 사회가 보여준 남아선호사상에 영향을 받아 무의식적으로 '여성스럽지 않기 위해' 노력해왔는지 분간하기가 어렵다.

대구를 떠나 서울로 인턴 수련을 지원한 이유 중 하나도 남녀가 평등한 세상에서 살고 싶어서였다. 우리나라를 떠나 미국에 자리를 잡을 때도 이러한 기대를 품었다. 하지만 당시에는 서울과 미국 모두 성차별sexism이 존재했다(안타깝지만 아직까지도 말이다). 미투me too 운동이 이제야 전 세계를 휩쓸고 있고, 남녀평등과 여성 존중을 위한 목소리도 지금 와서야 여러 경로에서 커지고 있는 실정 아닌가. 의학계라는 남성 위주의 사회에 몸담으며 내가 경험한 바에 의하면, 어떤 사회나 조직이든 남성 중심으로 돌아갈수록 여성들은 그곳을 파고 들어가기가 힘들고, 또 존중받는 위치에 서기도 힘들다. 그렇기에 나는 유독 여학생들이나 여자 후배들을 보면 더 관심이 가고 이끌어주고 싶단 생각이 든다. 아이를 낳는다면 딸을 낳고 싶어 했던 것도, 사회든 그 누구든 나를 어떻게 취급하든지 간에 나 자신이 뿌듯해할 수 있는 삶을 살면 된다는 것을 가르쳐주고 싶었기 때문이다.

사내아이에도 미치지 못하는 왈가닥 여자아이. '선머슴아'라며 업신여김을 당하던 내 어린 시절. 태어났을 때부터 환영받지 못하는 여자아이로, 어딘가 모자란 성별을 가지고 태어난 아이로 취급받으며 자라왔지만 그럼에도 나는 불행하지 않았다. 내게 주어진 환경에서 내가 뿌듯해할 수 있는 삶을 살기 위해 노력하는 자랑스러운 내가 되었으므로.

돈보다 더
가치 있는 유산 ─────────

내가 갓난아이였을 무렵 아버지는 열일곱 살 때부터 봉제 공장에서 일한 경험을 바탕으로 미싱을 대여섯 대 겨우 놓을 정도의 작은 가내공장을 차리셨다. 그때 우리 네 식구는 집세를 아끼기 위해 공장 안에 딸려 있던, 보일러도 들어오지 않는 작은 방에 살림을 차렸다. 어머니는 갓난아이인 내가 추운 겨울밤에 얼어 죽을까 걱정이 돼 밤마다 나를 등에 업고 엎드려 당신의 체온으로 나를 따뜻하게 재웠다고 했다.

이렇게 힘들게 차린 공장이었지만 하청을 받아오던 큰

공장이 부도가 나면서 아버지의 사업도 한순간에 망했다. 급히 남들이 쓰지 않는 지하 셋방을 얻어 이사를 갔고 아버지는 몇 달간 방바닥에 누워 멍하니 시간을 보내셨다. 그러다가 다시 재단사로 직장을 잡으면 한 푼도 쓰지 않고 돈을 모아 또 공장 차릴 기회를 엿보셨다. 이걸 사업가 정신이라 말할 수 있을까. 아버지는 수차례 망하면서도 계속 공장 일을 시도했다. 우리는 늘 공장에 살고 있었으니 공장이 망할 때마다 이사를 가야 했고, 1년에 한두 번꼴로 이사를 다녔으니 아버지의 사업도 그만큼 자주 고꾸라진 셈이다.

나는 분명 아버지의 이런 면모를 참 많이 닮았다. 새로운 일을 시작하는 데 두려워하지 않는 리스크 테이커risk taker(위험을 부담하고 행동하는 사람) 기질, 몇 번을 넘어져도 포기하지 않고 다시 일어나 원하는 일에 계속 도전하는 것이 아버지를 꼭 닮았다. 아버지는 가진 것 없이 살아온 탓에 고등학교도 졸업하지 못했고 공부에는 관심도 자질도 없었으며, 신문 외에는 책도 잡지도 읽지 않는 사람이었다. 그러나 남들에게는 교양 없고 무식한 공장장으로 보였을지 몰라도 나에게는 돈이나 지식이나 학력보다 더 소중하고 가치 있는 도전 정신과 끈기를 물려주셨다.

마음이 흐르는 대로

인생과 세상을 바라보는 시각, 그리고 주어진 일에 임하는 자세, 예측하지 못한 불상사를 받아들이고 극복하는 자세 등은 부모의 태도나 가치관에 큰 영향을 받는다. 내 어린 시절을 돌아보며, 또 내가 경험한 많은 환자를 보며 새삼 깨달은 사실이다. 그래서 부모의 가장 큰 역할은 아이들에게 조건 없는 사랑으로 안정감과 보호막을 제공하는 것뿐만 아니라, 그 아이의 인생에 주춧돌이 되는 가치와 마음자세를 함양시키는 것이기도 하다.

우리나라 부모들을 보면 자녀에게 사랑을 많이 주고 지식을 가르치는 일에는 대체로 매우 열정적이나, 아이들에게 가치와 마음자세를 가르치는 일에는 그에 비해 조금은 소홀한 듯하다. 아동 발달 측면에서 보더라도 아이들에게 지식이나 기술을 가르치는 것보다는 가치와 마음자세를 가르치는 게 더욱 중요하다. 예를 들면 엄마가 아이와 함께 놀면서 아이에게 하나, 둘, 셋이라고 수 세는 법을 가르쳐주는 것은 지식을 심어주는 것이고, "다른 아이와 장난감을 가지고 놀 때는 사이 좋게 놀아야 한단다"라고 이야기해주는 건 배려와 참을성 같은 가치를 가르쳐주는 것이다. 또 장난감을 가지고 놀면서 엄마가 이렇게 가지고 노는 것이라며 알려주는 건 지식을 심어주는 것이고, 반대로 장난감을 주고 아이 스스로 가지고 놀게 두는 것은 자율성과 창의성이라는 가치를 가르쳐주는 것이다.

아이들에게 이러한 가치와 마음자세를 가르치는 가장 좋은 방법은 부모가 스스로 모범, 즉 롤모델이 되는 것이다. 실제로 내 부모님은 가난하고 많이 배우지 못해 나와 언니에게 지식을 많이 가르쳐주진 못하셨지만 끈기와 인내, 도전 정신과 문제 해결 능력, 희망을 잃지 않는 마음자세만큼은 단단히 심어주셨다. 아이들의 발달에 기본이 되는 대표적인 가치와 마음자세는 정직, 참을성, 배려심, 최선을 다하는 자세, 자율성, 긍정적 마음가짐 등이다. 그러다 보니 어린 시절에 가정환경이 불우하고 부모님의 사랑과 지원이 지속적이지 않았던 아이들일수록 불안과 우울장애, 또는 학습장애와 행동장애 등을 겪을 가능성이 크다. 의사로서 나는 부모 자신부터 좋지 못한 환경에서 자라 여러 문제를 안고 있는 경우, 자녀들이 부모의 삶을 그대로 대물림하는 모습을 볼 때 큰 안타까움을 느끼곤 한다. 예를 들어 아버지가 범죄를 저질러 수감된 모습을 본 아이가 부모의 지도와

보호의 부재로 인해 자신 역시 자라서 수감자가 되는 경우, 또는 어머니가 약물중독에 시달려 힘들어하는 모습을 보고 자란 아이가 나중에 똑같이 약물중독을 겪는 경우 등이다.

소아정신과 의사라는 나의 직업은 그래서 더 의미가 깊다. 부모의 사랑과 지도가 부족한 아이들에게 나는 그들의 치료자이자 대변자가 되어주고, 힘들어하는 부모들에게는 지지자가 되어줄 수 있기 때문이다. 이렇듯 귀엽고 사랑스러운 아이들이 미래로 향하는 첫걸음을 내디딜 때 조금이라도 더 옳은 방향으로 이끌어준다면 10년, 20년 후 그 아이들이 자라 어른이 되었을 때 도착하는 곳은 상상도 못 할 만큼 완전히 다를 수도 있다는 것을 늘 가슴 깊이 새기곤 한다. 가끔은 아이들을 치료하느라 힘들고, 또 당장은 변화가 현저하게 보이지 않는 것 같아 조바심이 나기도 한다. 그럴 때에도 나의 작은 영향력이 그들이 어른이 되는 데 얼마나 큰 변화를 주고 다른 결과를 낳을 수 있는지 하루하루 되새기며 마음을 다잡는다.

내가 중학생이 되었을 때까지도 우리 가족은 창고로 쓰는 상가에 딸린 작은 단칸방에 살았다. 그곳은 건물 밖에 지붕을 얹어 만든 가건물이어서 비가 오는 날이면 늘 주방과

방에 비가 새곤 했다. 우리 식구에게는 워낙 자주 있는 일이 었던지라, 비가 새는 날에도 비가 떨어지는 곳곳에 능숙하게 양동이를 받쳐두고 대수롭지 않게 어서 비가 그치기만을 기다렸다. 하루는 비 오는 날에 어머니가 일을 하다가 집에 와보니 내가 친구들을 잔뜩 불러 앉혀놓고 친구들에게 "너그 집엔 이런 거 있나?" 하며 신이 나서 비 새는 것을 구경시켜 주고 있었다고 한다.

내가 이처럼 가난을 부끄러워하지 않았던 건 아마도 우리 부모님이 그런 환경을 삶의 한 부분인 양 대수롭지 않게 여겼기 때문 아니었을까. 비가 올 때마다 언니와 나는 장난치듯 킥킥대며 양동이를 이리저리 옮기느라 바빴고, 나는 그것을 부끄러운 일이라 생각하지 않았다. 이렇게 아이들은 부모님이 주어진 환경을 어떻게 받아들이느냐에 따라 그 환경을 좋게도 생각하고 나쁘게도 생각한다. 만약 그때 우리 부모님이 "이렇게 비가 새는 집에서 어떻게 사느냐, 이런 집에서 사는 건 말이 안 된다"라고 싸우고 있었더라면 나도 그 상황을 괴로움이란 감정과 연결 짓지 않았을까.

이런 환경에서 자란 덕분에 나는 별 내세울 것이 없어도 풀이 죽어 있는 일이 없었다. 항상 무언가 흥미로운 일을 계

마음이 흐르는 대로

획해서 동네 친구들을 몰고 다니는, 말 그대로 골목대장이었다. 내게 인형이나 장난감 같은 게 있을 리 만무했다. 언니와 나는 그저 바깥에 나가 동네 공터에 나뒹구는 물건으로 놀이를 하며 어린 시절을 보냈다. 버려진 공사장에 친구들을 모아놓고 우리만의 '연구실'을 만들겠다고 진흙으로 벽돌을 제작하고, '지하실'을 착공한다며 땅을 팠다. 친구들을 두 팀으로 나누어 경쟁하는 게임을 만들기도 했다. 다행히 친구들은 내가 지어낸 놀이를 좋아했다.

이런 상태였으니 집에서 학교 공부를 할 리는 만무했다. 그 흔하다는 학원에도 가본 적이 없어서 다른 아이들이 다니는 학원이란 곳은 대체 어떻게 생겼나 궁금해하기도 했다. 게다가 아버지는 공부하는 걸 딱히 중요하게 생각하지 않아서, "공부 잘해가 뭐 하노? 누구 집 큰아들은 반에서 1등 한다 카디만, 인자 실업자 아이가?" 하는 식으로 공부를 쓸데없는 일이라 표현할 때가 많았다. 부모님 두 분 다 중졸 학력이 전부였으니 좋은 대학을 나와야 제대로 대접받는다는 개념도 전혀 없었을 것이다. 그래서 나는 내 주변 사람들이 다들 대학을 안 나왔으니, 나도 대학에 가지 못할 가능성이 높다고 생각하며 자랐다. 언젠가 한 선생님이 "나영이는 당연히 대학교 갈 수 있지. 얼마나 좋은 데 가느냐가 문제지"라고 말씀해주셨을 때, 나는 선생님이 미래를 볼 수 있는 것도 아닌데 왜 저렇게 확신하실까 싶어 의아해하기도 했다.

이렇게 장난감도 없고 교육 환경도 열악한 내 어린 시절이 조금은 안타깝게 느껴질 수도 있을 것이다. 그렇지만 오히려 놀이의 방식을 제한하는 장난감이 없고, 이것은 이렇게 해야 한다고 일일이 가르쳐주지 않는 환경이었기에 나는 창의적으로 놀이를 만들어내야 했다. 또 어른들이 놀이를 지도해주지 않았기 때문에 내가 직접 주도적으로 놀이를 이끌어야 했다. 부모님이 집에 계신 시간이 거의 없었기에 내 표현이나 생각이 틀렸다는 피드백을 받을 겨를도 없었다. 그러다 보니 내 감정과 생각과 표현이 그저 괜찮다고 생각하며 자란 것 같다.

마치 내버려진 것처럼 자랐지만 역설적이게도 도리어 이런 환경이 나의 생각과 직감을 신뢰하고, 주어진 것이 부족하더라도 잘 활용하며, 문제가 생기면 창의적이고 주도적으로 해결할 수 있도록 훈련하는 계기가 되었다. 이렇듯 때로는 가르침의 손길이 덜할 때 오히려 아이들은 더 크게 배우기도 한다. 그렇기에 나는 나의 어린 시절이 원망스럽지 않고 오히려 마냥 고맙기만 하다.

아픈 자들과
함께한 삶 ————————

　나에게 의사라는 직업은 운명이자 소명과도 같은 것이
었다.

　나와 어머니는 마흔이 넘어 이유도 모르는 병 때문에 고
생한 반면, 우리 언니는 어릴 때부터 이유를 알 수 없는 병
으로 자주 앓았고 걸음걸이가 불안정해 종종 넘어지기도
했다. 이리저리 용하다는 의원은 다 찾아 다녀봤지만 뾰족
한 답이 없었다. 그런 언니의 손을 꼭 잡고 다니면서 넘어지
지 않도록 보호하는 건 온전히 내 몫이었다. 언니와 나는 그
렇게 학교도 같이 다니고 함께 놀러도 다녔다. 혹시라도 친

구가 나랑만 놀고 싶어 해도, 나는 언니도 가야 나도 간다고 바득바득 우겨서 꼭 언니와 같이 나갔다.

어머니는 몇 년간 언니를 업고 의원만 전전했다. 제대로 된 진단을 받지 못했으니 마음고생이 얼마나 심했을까. 그러던 어머니가 병원비를 걱정하던 아버지의 만류를 뿌리치고 언니를 대학병원에 데리고 갔다. 다행히 언니의 병은 호르몬 치료로 쉽게 치료가 가능한 갑상선기능저하증이었다. 지금 언니는 더할 나위 없이 건강하다. 결혼을 한 뒤 아들딸을 낳았고 간호조무사로서 만족스러운 직장 생활을 하고 있다.

고등학교 시절에는 아버지가 신장결핵 진단을 받았다. 힘겨운 치료를 받았으나 결국 한쪽 신장 기능을 다 잃었고 간염 진단까지 받았다. 또 내가 의대에 들어간 후 나에게는 친할머니와도 다름없었던 새 할머니(아버지의 계모)가 간암 말기 판정을 받고 제대로 손 써볼 겨를도 없이 돌아가셨고, 고모 역시 마흔도 되지 않은 젊은 나이에 위암으로 돌아가셨다. 이렇게 나는 어릴 적부터 온 가족이 병에 제대로 저항 한번 못 해보고 고통당하는 모습을 번번이 지켜봐야 했다. 그럴 때마다 나는 그들의 고통을 조금이라도 덜어주고,

내가 할 수 있는 한 최선을 다해 내 가족을 도왔다.

의대에 지원하기로 하고 대학 원서를 쓰던 때에 굳이 나는 서울에 있는 학교나 국립대를 고려하지 않았다. 선생님들은 이왕이면 서울에 있는 명문대에 원서를 써보라고 하셨지만 썩 내키지가 않았다. 지금도 그렇지만 당시에도 남들의 말이 내 인생의 방향을 결정하는 데 그리 중요하지 않았고, 그들의 말을 듣고 대학을 선택할 필요가 없다고 생각했다. 결국 나는 대구가톨릭의대에 지원했다. 내가 대학을 다니던 1990년대만 해도 여자 의대 졸업생들은 남자 졸업생들에게 밀려 원하는 전공 분야에서 레지던트를 하지 못하는 일이 빈번했다. 그런데 대구가톨릭의대는 당시에 정원이 20명밖에 되지 않아서 여학생들에게도 기회가 많이 주어지는 곳이었다(현재는 40명 정도다). 남학생들에게 밀려 원하지 않는 전공을 택하고 싶은 마음은 추호도 없었기에, 이곳이라면 한번 다녀볼 만하겠다고 생각한 것이다.

또 미국으로 한 달간 견학을 보내준다는 선배의 말에 마음이 동하기도 했다. 훗날 이 견학의 경험은 내가 미국이라는 새로운 기회에 도전을 하게 된 큰 밑바탕이 되기도 했다.

지금 와 돌이켜보면 그때 나의 이 선택이 마냥 감사하기만 하다. 학생 수가 적었기 때문에 교수님들께 각별한 관심을 받으며 생생한 의학 교육을 받을 수 있었으므로. 또 이렇게 의대에서 맺은 은사님들과의 인연은 아직까지도 이어지고 있다.

가톨릭 사상에 바탕을 둔 학교였던 만큼 우리는 의사라는 직업이 하늘의 부름, 즉 소명이라고 배웠다. 따라서 마땅히 환자를 불쌍히 여기고 사랑하고 봉사하는 마음으로 이 직업에 임해야 한다고 가르침받았다. 실제로 우리 학교의 교훈은 '사랑·봉사Amare·Servire'였다. 그 때문에 학교에서는 늘 봉사 활동을 장려했고, 나는 몇몇 동기들과 함께 1~2주에 한 번씩 장애아들이 있는 곳으로 봉사를 다녔다.

지금까지도 그곳에 갈 때마다 느꼈던 안타까운 마음, 우리가 떠날 때마다 서운해하던 아이들의 모습이 생생하다. 수녀님들의 정성 어린 돌봄을 받고 있었지만, 그럼에도 아이들은 버림받았다는 상처를 가슴에 안고 있었다. 아마 그때의 경험이 힘들어하고 소외당한 사람들을 도와주고 싶다는 내 마음을 더 크게 키웠던 것 아닐까. 나중에 안 것이지만 미국의 대입 시험이나 입사 시험에서는 해당 전공이나 분야에 대해 자신이 얼마나 열정을 가지고 있으며, 그 과정을 얼마나 오래전부터 준비해왔는가가 평가에 중요한 역할을 한다. 덕분에 의과대학 시절부터 내가 장애아들을 위해 꾸준히 봉사해왔다는 이력은 내가 정신과 연구소와 정신과 레지던트에 지원할 때 나의 지속적이고도 진정성 있는 열정을 보여주는 하나의 지표가 되어주었다.

한국에서부터 이런 교육을 받았기에 나는 미국에서도 레지던트 시절 홈리스homeless들이 지내는 시설에 매주 무료 진료를 나갔고, 교회에서도 다른 의사 친구와 마음을 모아 무료 건강 상담을 했다. 소아정신과 수련 중에는 정기적으로 자녀 양육에 관한 칼럼을 쓰거나 지역 주민들을 초대해 무료 부모 교육 세미나를 열기도 했다. 볼티모어에 와서는 기회가 될 때마다 주로 아이들을 위한 단체들에 기부를 해오고 있다. 2015년 네팔 고르카 지역에 대지진이 났을 때에는 에베레스트 베이스캠프를 함께 등반했던 팀원들과 함께 모금 운동을 벌여 쌀과 건축 자재 등을 보내기도 했다.

의과대학 시절 한 흉부외과 교수님께서 힘은 많이 드는

데 보상은 그에 비해 적은, 대표적인 '기피 학과'라 불리는 흉부외과를 택한 이유에 대해 이렇게 말씀하신 적이 있다.

"나는 내가 본 환자들 중에서 심장질환을 앓는 환자들을 가장 사랑했던 거야. 그들을 보면 제일 안타깝고 가장 먼저 도와주고 싶었기 때문이지. 학생들도 전공과를 결정해야 할 때가 오면 자신이 어떤 환자들을 가장 사랑하는지, 어떤 환자를 볼 때 가장 마음이 아프고 안타까운지, 어떤 환자를 더 많이 도와주고 싶은지를 꼭 생각해보고 결정해야 해."

이 말은 오래도록 내 마음에 남아 훗날 전공을 선택할 때도 좋은 길잡이가 되어주었다. 사실 대부분의 인턴이 졸업이 가까워질 때쯤 레지던트 과를 선택하며 많은 고민을 한다. 또 흔히는 자신이 꼭 가고 싶은 과가 있다기보다는 하고 싶지 않은 과를 제외하다가 남은 과 중에서 나은 곳을 선택해 지원하기도 한다. 감사하게도 나는 이 결정을 쉽게 내릴 수 있었다. 주변으로부터 소외당한 사람들, 또 상대적으로 치료가 쉽지 않은 마음과 정신의 병을 앓고 있는 환자들을 내가 가장 사랑한다는 것을 일찌감치 알았기 때문이다. 우리 아버지는 "정신과 의사가 의사가? 내과나 외과 이런 거 해라!"라고 말씀하셨지만, 나는 아랑곳하지 않았다. 당시에 정신과는 소위 '비인기과'였지만 적어도 나에게만은 최고로 인기 있는 과였다.

미국으로 떠난 지 몇 년 후 한국을 방문했을 때 한 친구가 내게 이렇게 물었다.

"너 정재영 알아?"

"아니, 그게 누군데?"

"정신과, 재활의학과, 영상의학과. 줄여서 '정재영', 한국에서 가장 인기 있고 경쟁률 높은 세 과를 부르는 말이야."

나로서는 믿기 어려운 사실이었다. 세 과 모두 내가 레지던트에 지원할 당시에는 (명백한) 비인기 과였는데, 불과 5~6년 사이에 상황이 이렇게 변하다니. 법과 정책들이 바뀌면서 이 세 과가 다른 과보다 힘은 덜 들면서 수익은 더 큰 과가 되어 있었던 것이다. 물론 '피안성(피부과·안과·성형외과)'처럼 영원히 인기 있을 것 같은 과도 있기 마련이다. 하지만 유행이나 인기는 언제든지 변할 수 있는 반면, 내가 진심으로 사랑하는 것은 쉽게 변하지 않는다. 그때 또한 번 깨달았다. 대중적인 선호도를 따르거나 남의 말을 듣기보다는 내 마음이 흐르는 방향을 따라야 한다는 것을. 세

마음이 흐르는 대로

상이 뜻하지 않게 변해버린다 하더라도, 거기에 아랑곳하지 않고 나는 꿋꿋이 내 길을 가면 된다는 것을.

의대 과정을 마치고 인턴을 시작하기 전 친한 동기와 함께 뉴질랜드로 40일간 배낭여행을 떠났다. 나는 그곳에서 꼭 스카이다이빙을 해보고 싶었다.

"여기 호수 위로 떨어지는 스카이다이빙이 그렇게 경치도 좋고 진짜 신난다 카드라. 같이 하자!"

기대감에 부푼 나와 달리 친구는 스카이다이빙은 너무 위험할 것 같으니 자신은 행글라이딩을 하겠다고 했다. 그런데 막상 도착하니 바람이 꽤 불어서 스카이다이빙은 할 수 있었지만 행글라이딩은 하지 못하는 상황이었다. 그 참에 썩 내켜하지 않았던 친구까지 구슬려 함께 스카이다이빙에 도전했다.

약간의 훈련을 받은 뒤 우리는 하늘로 올랐다. 우리를 태운 비행기가 3600미터 상공에 오르자 나와 한 몸이 되어 있던 강사가 활짝 열린 문 쪽으로 뛰어내릴 자세를 잡았다. 강사의 몸에 묶여 있었던 터라 내 팔다리는 비행기 밖으로 나와 공중에 붕 뜬 채 거센 바람에 마구 흔들렸다. 엄청난 높이에서 죽을 것 같은 사실적인 공포감이 밀려왔다. 곧이어 그와 함께 휙 공중을 향해 몸을 내던졌을 때 내 목구멍에서는 본능적인 비명이 절로 나왔다. '아, 이렇게 내가 죽는구나' 싶은 공포감이 덮쳐왔다. 그런데 그것도 잠시, 강사가 팔다리를 쭉 펴고 중심을 잡고 난 후로는 언제 그렇게 무서웠냐는 듯 말 그대로 '하늘을 나는' 희열을 경험했다. 내 평생 몸으로 해본 일 중 가장 스릴 있는 경험이었다. 무사히 내려오고 나서 친구에게 물었다.

"어땠노? 많이 무섭드나?"

"아니, 너무 재미있더라. 또 하고 싶네!"

세상에 처음 뛰어들어 하는 모험이란 대개 이런 것 같다.

시작하기 전에는 심한 공포감과 두려움이 생기는 것이 정상이다. 그리고 내 몸은 '나를 왜 이런 죽을 것 같은 상황에 내모는 거야!' 하고 항의의 비명을 지를 수도 있을 것이다. 그렇지만 뛰어내리기 직전, 그리고 뛰어내린 직후 방향 없이 마구 떨어질 때만 죽을 듯이 무섭지 그때만 지나면 생각보다 괜찮은 경우가 많다. 첫 순간의 두려움만 이겨내면 흥미로운 경험을 더 많이 해볼 수 있다는 것을, 그때 배웠다.

그러니 하고 싶은 일이 있으면 '뭐, 죽기야 하겠어?' 하는 심정으로 시작해보면 된다. "나를 죽이지 못하는 것은 나를 강하게 한다"라는 니체의 말도 있지 않은가.

많은 사람이 어떠한 결정을 내릴 때 그 결정으로 인해 내가 이루게 될 꿈과 가능성을 좇기보다는, 그에 따르는 걱정과 두려움을 먼저 생각한다. 예를 들어 어느 청년이 빵 만들기에 대한 순수한 열정과 빵집을 열고 싶다는 꿈을 갖고 있다고 가정해보자. 그런데 대다수의 사람들(특히 청년들)은 자신의 열정을 좇기보다는 가게 경영에 대한 현실적인 문제나 부모님의 반대, 혹은 다른 사람들의 시선 등을 미리 걱정하며 결국 남들과 비슷하고 무난한 길을 선택하고 만다.

마음이 흐르는 대로

즉, 자신의 꿈이 줄 수 있는 가능성에 이끌리기보다는 그 꿈을 좇았을 때 따르는 현실적인 위험성을 더 많이 생각하고 꿈을 포기해버리고 마는 것이다.

그런데 이는 너무나 자연스러운 현상이다. 여러 심리학 실험에서 밝혀진 바와 같이 우리는 돈과 같은 소중한 무언가를 잃었을 때, 그것을 똑같이 얻었을 때보다 몇 배는 더 크게 실망하고 괴로워한다. 즉, 1만 원을 얻었을 때는 1만 원짜리 행복을 느낀다면, 1만 원을 잃었을 때는 그보다 훨씬 큰 5만 원짜리 실망감을 느낀다는 것이다. 그러다 보니 손실의 위험성이 있는 경우에는 절로 피하고자 하는 마음이 들기 마련이다. 이를 '손실회피편향loss aversion bias'이라고 말한다.

그렇다면 우리는 이러한 부정적인 편향에 묶여서 영영 그 굴레를 벗어날 순 없는 걸까? 흥미롭게도 많은 심리적 편향과 편견은 그러한 편견이 있다는 것을 인지하고 인식하는 순간 자연적으로 줄어든다. 즉, 우리가 부정적으로 사고하고 치우치는 경향이 있다는 것을 알아차리는 것만으로도 이 편향이 어느 정도 저절로 교정된다는 뜻이다.

그러니 꿈을 향해 걸어갈 때 그 길에서 획득할 수 있는 가능성보다 두려움이나 실패의 위험성이 먼저 떠오른다면, 부정적 사고 편향이 있다는 것을 의식적으로 인식하고 좀 더 긍정적으로 교정해보려 애써야 한다. 즉, 위험성이 3만 점 정도로 보인다면, 편향의 영향을 감안했을 때 사실은 1만 점 정도일 것이라고 생각해보는 것이다. 만약 사업이라면 무엇보다도 손익 계산이 철저해야겠지만, 내 삶은 오직 손익으로만 평가되는 것이 아니기 때문에.

의대 졸업 후 의정부 성모병원에서 1년간의 인턴 과정을 마치고 서울의 다른 유명한 정신과 레지던트 프로그램에 지원했다. 이때 나는 내 인생에서 처음으로 불합격 통보를 받았다. 당시에는 수술 보조를 서다가도 눈물이 저절로 흘러나올 정도로 슬펐다. 다들 합격하여 기쁜 마음으로 축제 분위기를 즐길 때 나는 서글픈 마음으로 이제부터 무엇을 해야 할지 고민해야 했다. 2차로 뽑는 병원에 지원할 수도 있었지만 나는 그러기보다는 차라리 재수를 해 다음 해에 같은 프로그램에 지원하기로 마음먹었다. 일반적으로는 이렇게 재수를 결정하는 경우, 대부분이 일반 의사로 아르바이트를 하면서 다음을 준비한다. 그런데 당시의 나는 좀 엉뚱한 생각이 들었다.

'의대 시절 가보았던 미국이 꽤 도전해볼 만한 나라라는 생각이 들었는데, 어차피 재수하는 김에 미국 의사 면허증이나 따 올까? 나중에 연수를 가게 되면 쓸 일도 있겠지?'

아는 사람 하나 없고 영어도 잘 못하고 돈도 별로 없는데, 무엇보다도 미국 의사 면허증을 따서 어디에 쓸지 특별한 목적이나 계획도 없는데 무작정 미국에 가보겠다는 이 생각은 논리적으로 따져봤을 때 전혀 현명한 선택이 아니었다. 여러모로 현실적인 걱정과 걸림돌도 많았던 게 사실이었다. 그래도 아무도 나를 말리지 못했다. '그래, 하고 싶은데 그냥 한번 뛰어들어 보자. 죽기야 하겠나!'

당시 그렇게 무모하게만 보였던 나의 결정이 내 삶의 방향을 얼마나 크게 변화시켰는지 되돌아보면 소름이 끼칠 만큼 놀랍다. 전혀 예상하지 못했던 기회들과 어려움이 나를 기다리고 있었지만 나는 다시 인생을 산다고 해도 그때와 똑같이 무모한 결정을 내렸을 것이다. '두려움을 안고 일단 점프'해보면 내가 예측하지 못한 경우의 수가 펼쳐지기도 한다는 걸 잘 알기 때문이다.

그러니 내가 열정을 가진 일 또는 가보고 싶은 길이 있으면 한 번 사는 인생, 너무 걱정하며 실패할 확률만 재고 있기보다는 한번 가보는 거다. 고생하고 실패하는 건 인생의 훈장이지 낙인 딱지가 아니니. 또 그 길에 상상도 못 한 경험과 보상이 나를 기다리고 있을지 모르니.

정신과 의사,
나의 소명

한국에 돌아가지 않고 미국에서 정신과 레지던트 과정을 지원하기로 결정한 후 여기저기 조언을 구할 때, 여러 교수님께서 내게 이런 말씀을 해주셨다.

"지 선생, 영어가 서투른데 말로 진단하고 치료하는 정신과를 해낼 수 있겠나? 다들 병리과나 내과 같은 걸 한다고 들었는데, 그렇게 전향하는 게 낫지 않겠어?"

나도 내심 걱정은 되었지만 그럼에도 결심은 흔들리지 않았다. 몸이 아무리 건강해도 마음이 아프면 인생이 만족스럽거나 행복하지 않고, 몸이 아무리 아파도 마음이 건강하면 신체적인 어려움을 극복하고 의미 있고 충만한 삶을 살 수 있다고 확신했기에. 또 세상으로부터, 심지어 자신의 가족들에게까지 외면당하는 정신과 환자들을 곁에서 치료하고 도와주고 싶었기 때문에 나는 끝까지 정신과를 고집했다.

그럼에도 역시 언어 실력이 부족하면 정신과 의사가 되기는 힘들다는 게 현실이었다. 그래서 나는 일단 정신과에 지원하고 인터뷰를 한 뒤, 누군가 나를 뽑아준다면 그들이 판단하기에 내 영어 실력으로도 환자를 볼 수 있다고 결론 내린 것이라 믿기로 했다. 만약 내가 인터뷰에서 떨어진다면 내 언어가 부족한 탓으로 보고, 그나마 뇌를 다루는 분야인 신경과로 방향을 전환하기로 마음먹었다.

다행히도 나는 열다섯 군데 정신과에서 인터뷰 초대를 받았고, 비용과 시간을 고려해 가장 마음에 드는 여섯 군데의 프로그램을 선택해 인터뷰에 갔다. 이 여섯 번의 인터뷰가 내가 살면서 가장 긴장했던 때가 아니었나 싶다. 대체로 나는 시험을 볼 때나 인터뷰를 할 때 잘 긴장하지 않는 편인데, 그때는 모자란 영어 실력으로 정신과에서 수련할 수

마음이 흐르는 대로

있다는 것을 확실히 피력하려고 하니 부담이 많이 됐던 것 같다. 그래서 나는 각 프로그램에 인터뷰를 하러 가기 전 그 정신과에 대해 최대한 많은 자료를 찾아 읽어보고, 또 나를 인터뷰할 교수님의 성함을 미리 알려달라고 해서 그분들이 하시는 연구나 일에 대해 샅샅이 뒤져보며 준비했다.

보통 인터뷰는 1박 2일로 진행된다. 첫날에는 해당 프로그램 레지던트들과 교수님들 몇 명이 서너 명 정도의 지원자들을 초대해 저녁을 함께 먹는다. 이때는 주로 서로의 출신 지역에 대한 대화가 이루어지는데, 나는 미국에서 자라지 않아서 이런 대화에는 참여하기가 힘들었다. 그저 미소를 지은 채 '이상하게 보이지만 말자'고 생각했다.

그다음 날은 대개 병원을 투어하고 관계자들과 본격적으로 인터뷰를 진행한다. 이때 나는 내 나름대로의 전략을 세웠다. 질문에 대답을 하는 방어적인 인터뷰가 아닌, 내가 교수님께 질문을 주로 던지는 공격적인 인터뷰를 하자고. 미리부터 인터뷰할 교수님의 전문 분야나 연구 실적을 많이 읽어보았으니 질문을 던지는 게 어렵지는 않았다. 게다가 나는 원래 궁금한 게 천지인 사람인지라, 일단 질문을 하기 시작하니 한도 끝도 없었다. 이렇게 교수님의 관심 분야에 대해 한참 질문과 답변을 주고받다 보니 서로 토론에 심취해 좋은 시간을 보낼 수 있었다. 또 정신과에 대한 나의 열정과 궁금증은 지어낸 것이 아닌 진심이었기에 내 마음이 그들에게 잘 통했던 것 같다.

물론 이 모든 과정을 영어로 준비한다는 게 너무 힘들어서 인터뷰를 한 군데 다녀올 때마다 살이 1킬로그램씩 빠지는 놀라운 다이어트 효과를 경험하기도 했다. 다행히 인터뷰가 끝나고 모든 곳에서 긍정적인 답변을 받았고, 그제야 나는 내 영어 실력으로도 정신과 환자를 볼 수 있겠다는 안도감을 느낄 수 있었다.

흥미로운 건 정신과를 수련했기 때문에 내 영어 실력이 일취월장했다는 것이다. 지금 나를 만나는 사람들은 내 영어를 듣고 내가 미국에서 태어났거나 어린 나이에 이민을 온 줄로 안다. 돌이켜보면 수련 당시 나의 환자들이 '원어민 개인 영어 교사'가 되어준 셈이었다(그것도 내가 돈을 받으면서 배웠으니 얼마나 행운인가!). 실제로 나는 깨어 있는 시간 중 여덟 시간은 환자들과 이야기를 나누며 진료를 보았고, 나머지 여덟 시간은 그들에 대한 노트를 쓰고 영어 문장을 읽었으니 종일 원어민과 영어 공부를 한 셈이었다.

더불어 소아정신과 수련을 하면서는 아이들에게 발음 교정까지 개인 지도를 받을 수 있었다. 어른들은 내가 발음이 좀 안 좋아도 외국인이니 그렇구나 하고 이해해주지만, 어린아이들은 내가 조금만 발음을 잘못하면 그건 아니라고 콕 집어서 (자신들이 듣기에 맞는 발음을 할 수 있을 때까지) 친절하게 고쳐준다. 아이들은 자신이 어른에게 무언가를 가르쳐줄 수 있는 상황이 되면 무척 신나한다. 그래서 아이들과 함께한 발음 교정 과정은 좋은 치료 관계를 맺는 데 오히려 더 많은 도움이 되었다.

이렇다 보니 내가 미리부터 영어 실력을 너무 걱정해서 다른 과로 전환했다면 얼마나 후회했을까 싶었다. 정신과가 나의 소명이라 믿고 힘들어도 포기하지 않고 끝까지 이 길을 걸었다는 것을, 정신과는 나에게 보람과 만족 그리고 영어 실력의 향상이라는 기회까지 덤으로 얹어 보답한 것이다. 그러니 뜻하는 바가 있으면 좀 어렵고 힘들어 보여도 시도해보면 된다. 뜻이 있는 곳에 길이 열리는 경우가 많으므로.

예전이나 지금이나 나는 정신과 의사로 사는 것이 너무 재미있고 보람되고 감사하다. 다른 사람의 힘들고 마음 아픈 사정을 들어주고 그 아픔과 고초를 덜어주는 일, 그리고 그로 인해 그 환자와 가족들이 더 행복하고 편안한 삶을 누리게 되는 일. 이보다 더 보람차고 기쁜 일이 세상에 또 어디 있을까?

돌이켜보면 병이 주는 아픔으로 인해 고통받는 사람들을 도와주는 의사가 된 것, 그리고 그중에서도 가장 소외받고 자신을 방어할 수 없는 연약한 어린 환자들을 도와주는 소아정신과 의사가 된 것은 의과대학 시절 신부님이 내게 가르쳐주신 것처럼 나를 향한 하늘의 부름이 아니었을까 한다. 나의 삶 고개고개마다 아픈 가족이 있었고 또 나의 도움을 필요로 하는 연약한 사람들이 있었기에, 또 나 스스로도 가장 연약하고 이해받지 못하고 소외당하는 자리에 서보았기에 지금의 '나'라는 의사가 만들어진 것 아닐까.

마음이 흐르는 대로

정신과 레지던트 프로그램의 인터뷰를 마쳐갈 때, 하버드 정신과 프로그램 중 하나에서는 내게 매치(The Match, 미국에서 레지던트 지원자와 프로그램이 서로 선호하는 순위를 매긴 것을 바탕으로 연결해주는 시스템)에 들어가지 말고 곧바로 계약을 하자는 제의를 해왔다. 그렇지만 나는 "하버드에 뼈를 묻어라"라는 아버지의 당부를 뒤로하고 내가 가장 마음에 들어 했던 노스캐롤라이나대학University of North Carolina, UNC 병원을 1순위로 선택했다. UNC 병원은 병원 자체가 우수하기도 했지만, 그보다도 정신과와 정신과 환자들을 가장 잘 대접해주고 존중해준다는 느낌을 인터뷰 때부터 받았기 때문이었다. 당시 미국에서는 대개 정신과가 수익성이 떨어져 종합병원에서 제대로 대접을 받지 못하는 경우가 많았다. 그런데 UNC 병원 정신과는 주정부의 지원을 많이 받은 덕분에 병원에서도 제법 큰 비중을 차지하고 있었고, 무엇보다도 정신과 병동을 가장 양지바른 언덕에 있는 새 건물에 둔 것이 참 마음에 들었다. 많은 병원이 정신과 병동을 가장 구석지고 어두운 건물에 둔 것과는 상반되어 아름답고 평안하게 보이기까지 했다(병동들이 매우 모던한 데다가 인테리어도 잘 해놓아서 '호텔'이라고 불릴 정도였다). 마침내 매치데이(Match Day, 미국 모든 의대생들이 어느 수련 프로그램에 매치되었는지 발표되는 날)가 되었고, 나는 숨을 죽인 채 컴퓨터를 열었다.

"Congratulations! You have been matched with the University of North Carolina General Psychiatry Residency Program(축하합니다! 노스캐롤라이나대학 정신과 레지던트 프로그램에 매치되셨습니다)."

펄쩍펄쩍 뛰며 환호성을 질렀다. 2001년, 한국에서 정신과 레지던트에 떨어지고 특별한 계획도 없이 곧바로 미국으로 온 이후에 2년 동안 최선을 다해 열심히 공부하고 준비하여 이룬 감격스러운 성과였다.

2003년 6월, UNC 정신과 레지던트 동기들을 처음 만나던 날을 아직도 잊을 수 없다. 오리엔테이션을 위해 열세 명의 동기들이 모두 모였다. 다들 합격자 명단을 통해 서로 이름만 알고 있었을 뿐 얼굴은 처음 보았다. 그런데 어떻게 된 게 흑인도, 정신과에서 흔히 보는 인도인도 하나 없는, 그야말로 온통 백인 미국인으로만 이루어진 그룹에 나 혼자만 동양인이자 외국인이었다.

"어, 네가 나영이야? 나는 이름만 보고 동양인 남자일 줄 알았어." 그때까지만 해도 그들이 생각하는 동양인 의사는 남자일 확률이 높았기 때문이었을 것이다(게다가 '나영'이라는 이름이 주로 여자에게 쓰인다는 건 영어권 사람들 입장에서는 전혀 알 수 없는 일이다). 이렇게 나는 그들과 확연히 다른 문화에서 자랐고, 학교를 미국에서 나온 것도 아니었고, 심지어 영어도 잘 못하니 따돌림을 당하거나 무시당하기에 딱 좋은 위치였다.

UNC 정신과는 미국 정신과 전체를 통틀어서도 상위

15퍼센트에 드는 프로그램으로, 화려한 경력을 가진 똑똑한 청년 의사들이 모인 곳이었다. 나를 뽑아준 우리 프로그램의 디렉터로부터 내가 지원자들 중에서 성적과 연구 경력과 추천서가 가장 출중하다고 평가받긴 했지만, 정작 이렇게 대단한 동기들을 만나고 나니 '내가 말도 제대로 못하는데 무시를 당하진 않을까', '여기서 과연 살아남을 수 있을까' 하는 걱정이 슬금슬금 밀려왔다. 그래서 나는 고향과 학교 등을 말하는 자기소개 시간이 되면 늘 하버드대학교에서 조현병(정신분열병) 관련 뇌영상 연구를 하고 왔다는 말을 꼭 꺼내곤 했다.

오리엔테이션을 마칠 때쯤 모든 사람이 과거에 맞은 예방접종 기록을 확인했다. 혹시라도 의사가 감염병에 걸려 연약한 환자들에게 옮기면 안 되기 때문에 의사에게는 완벽한 예방접종이 필수다. 동기들 모두 좋은 환경에서 자란 의대 졸업생들로, 예방접종을 하나라도 빠뜨린 사람은 거의 없었다. 내 차례가 왔다.

"지나영 선생님, 예방접종 기록이 하나도 없네요."

한국에서 어린 시절의 의무 기록이나 학교 기록을 다 찾

마음이 흐르는 대로

는다는 것도 불가능했고, 우리 부모님이 생활고로 인해 나와 언니를 때마다 병원에 데려가 백신을 제대로 맞혔는지도 알 수 없었다. 어머니 말씀으로는 언니와 내가 어렸을 때 홍역을 심하게 앓아 두 딸이 다 죽는 건 아닌지 마음을 졸였다고 했는데 이를 감안해보면, 나는 예방접종을 거의 맞지 않았다고 추정할 수 있었다.

"아…… 기록을 찾을 수가 없어서요. 어떻게 하죠?" 옆에 있는 동기들을 살짝 의식하며 말했다.

"그럼 오늘 동시에 맞을 수 있는 건 다 맞으시고, 남은 것도 스케줄대로 다 맞으셔야 해요."

결국 나는 그날 양쪽 팔에 번갈아가며 거의 모든 백신을 다 맞았다. 그런 내 모습을 보던 마음 약한 동기 제니가 "You poor thing(에고, 참 안됐다)!"라며 나를 불쌍하게 여겼다. 사실 내 처지가 조금은 처량하고 부끄럽기도 했지만, 나는 특유의 긍정적인 자세로 동기들이 나를 기다리는 동안 '이 정도쯤이야!' 하며 당당하게 주사를 다 맞았다. 아마도 그때 동기들은 내가 예방접종도 제대로 맞을 수 없는 가난하고 발전되지 못한 나라에서 온 줄 알고 측은한 마음이 들었을 것이다.

오리엔테이션이 모두 끝난 후 주차장으로 가던 길에 또 다른 동기 맷이 다가와 내게 말을 걸었다.

"나영, 집은 잘 잡았어? 가구는 다 장만했고?"

"응, 침대는 구했는데 아직 소파와 의자가 없어."

"그래? 내가 쓰지 않는 파파산의자(크고 둥근 등나무 골격에 두꺼운 쿠션을 얹은 복고풍 의자)가 있는데, 줄까?"

고맙게도 맷은 그다음 날 그 의자를 우리 집에 가져다주었다. "사실 내 여동생이 어릴 때 한국에서 입양되어 왔어." 맷은 그제야 내게 이렇게 말했다. 아마도 그래서 나에게 더 측은지심을 느끼고 도와주고 싶었던 것이 아니었을까.

아는 사람 하나 없는 거대한 나라, 아니 이 엄청난 대륙에서 혈혈단신으로 지내는 동안, 내 주변에는 나를 안타깝게 여기고 도와주기 위해 애썼던 좋은 동기들이 여럿 있었다. 힘든 수련 과정 중에 동기들은 고맙게도 늘 곁에서 이리저리 부족한 나를 챙겨주었다.

레지던트 수련을 시작한 그 첫 몇 달이 내가 미국에 온 이후로 몸과 마음이 가장 힘들었던 시절이었다. 당시에 나는 미국에서의 임상 경험이 거의 없었던 터라 빠르게 돌아

마음이 흐르는 대로

가는 임상의 속도를 영어로 따라가기가 참 힘들었다. 의학 약자를 쓰는 것도 한국의 것과 많이 달랐고, 약의 상품명도 거의 다 달라서 나는 팀 미팅에서 토론의 흐름을 놓치기 일 쑤였다. 한 예로 한국에서는 '시티CT'라고 부르는 영상 기법 을 미국에서는 흔히 '캣 스캔CAT scan'이라고 한다. 내가 여기 서 "What's a cat scan(캣 스캔이 뭐예요)?"이라고 물으면 미국 사람들 입장에서는 시티도 모르는 바보 의사로 보이는 것 이다. 또 2년 정도 보스턴에서 살며 북부 억양에 익숙해지 려는 찰나에 남부로 온 것이라, 심히 두리뭉실하게 굴리는 듯한 남부 억양에 적응하는 일도 쉽지 않았다.

무엇보다도 우울증이나 조현병을 앓는 정신과 환자들이 명확하지 않은 발음으로 힘없이 이야기하면, 나는 몇몇 단 어 외에는 거의 알아듣지 못했다. 그때 정신과 의사로서 느 낀 절망감이란 지금 생각해도 아찔하다. 교수님께 환자의 상태를 보고해야 할 때, 내 영어 실력이 부족해 못 알아들 은 것을 환자가 말도 안 되게 횡설수설해서 알아들을 수 없 었다고 얼버무리는 한심한 보고를 한 적도 있었다. 무엇보 다도 입원 환자를 회진할 때 교수님과 고연차 레지던트, 학 생들을 앞에 두고 주치의 레지던트인 내가 면담을 진행해야 할 때는 너무 긴장해 실수를 연발하기도 했다. 이렇게 혈액이나 소변, 영상 등의 검사 없이 말로 진단하는 것이 거의 전부인 정신과 진료의 특성상, 내가 말을 잘 알아듣지 못하면 환자에게 불이익이 가거나 혹시라도 약을 잘못 써서 환자를 위험에 빠뜨릴 수 있으므로 매 순간이 아찔함의 연속이었다.

남들보다 더 시간과 노력을 보태어 보상하는 것밖엔 다른 길이 없었다. 새벽 4시에 일어나 졸면서 샤워를 마치고 후다닥 병원에 나가서 그 전날 밤에 있었던 일을 적어놓은 당직 의사들의 필기를 읽었다. 그렇게 내 환자들을 하나하나 다시 돌아보고 아침 6시 회진을 준비했다. 당시에는 손으로 차트를 썼는데, 미국 의사들의 영어 필기를 읽는 건 거의 암호 판독 수준이었다. 게다가 정신과는 죽 늘어놓는 설명이 많아서, 의사 노트가 '소설책'이라고 불릴 만큼 길고 복잡하기로 유명하다. 그러다 보니 영어로 정신과 노트를 읽고 쓰는 게 다른 과보다 훨씬 더 힘들었고, 남들보다 더 오랜 시간이 걸렸다. 동기들이 자신이 해야 할 일을 다 마치고 저녁 6시쯤 퇴근하고 나면 내 일과는 이때부터 다시 시작하는 것이나 다름없었다.

다시 환자를 인터뷰하고 노트를 힘겹게 마치고 나면 저녁 식사 시간이 훌쩍 지난 8시쯤이었다. 새벽 4시부터 일어나 냉동식품으로 매 끼니를 해결하고, 힘든 영어를 쉴 새 없이 듣고 말하며 장장 하루 16시간을 일하고 집에 돌아갔다. 파김치가 된 상태로 퇴근을 할 때마다 운전대를 부여잡고 '오늘도 실수한 일 없게 하시고, 밤새 내 환자들을 잘 보살펴달라'고 간절히 기도했다. 서글프고 걱정이 되어 눈물이 나는 날도 많았지만 그럴 때마다 "나영, 너 이 정도면 아주 잘하고 있는 거야. 오늘 하루 더 영어만 하면서 살았으니 내일은 분명 오늘보다 나아질 거야"라며 스스로를 격려했다. 다행히 한 달 두 달 시간이 흐르면서 남부 억양에 귀가 트이기 시작했고, 어렵기만 하던 영어 약자와 약 이름들에도 점점 익숙해졌다.

여러모로 많이 부족한 인턴이었지만, 그 와중에도 골목 대장 기질을 발휘해 친한 동기들과 주말 테니스 모임을 만들었다. 잘 치는 사람이 한 명도 없어서 그저 공을 줍기 위해 뛰어다니느라 바빴지만, 그럼에도 우리는 마음껏 웃으며 짧은 주말의 아쉬움을 달랬다.

또 매년 크리스마스가 되면 우리 집에 동기들을 불러서 불고기와 잡채 같은 한국 음식을 대접하고(물론 조리되어 있는 음식을 사다가), 한국 윷놀이를 가르쳐주며 한국 달력을 상품으로 주는 파티를 벌이기도 했다. 이렇게 수련 기간 동안 모두들 고향에 가지 못하는 아쉬움을 한국 문화 즐기기로 달랬고, 이것은 곧 우리만의 전통이 되었다. 어느 해는 제니가 'Korean Christmas'라는 글귀와 태극기까지 프린트된 단체 티셔츠를 깜짝 선물로 만들어왔을 정도였다.

내 스스로가 나의 언어와 문화를 자랑스러워하지 않으면서 다른 사람들이 내 언어와 문화를 존중해주길 기대하는 건 모순이다. 그래서 나는 영어 실력이 좀 부족하고 어리바리한 사람으로 취급받았을 때에도 내 나라에 대해서만큼은 자긍심을 가지고 소개하려고 애썼다. 동기들을 처음 만났던 날, 나는 영어도 잘 못하고 어릴 때 예방접종도 제대로 맞지 못할 만큼 불쌍한 외국인으로 보였을지 몰라도, 이제는 우리나라의 문화를 그들에게 알리고 가르치는 자랑스러운 한국인이 되었다. 그 덕분에 아마도 내 동기들은 잘 몰랐

마음이 흐르는 대로

던 한국이라는 나라를 자신들의 절친한 친구가 자랑스러워하는 모국으로, 깊이 존중받을 만한 문화가 있는 나라로 인식하게 되지 않았을까.

누군가를 도울 때
삶이 더 의미 있어진다는 것 ————

　누군가가 힘든 상황에 처해 있을 때 내가 도와줄 수 있다면, 설사 단 한 사람을 구했더라도 내 인생은 '잘 산 인생'이라고 할 수 있지 않을까? 나는 늘 이렇게 생각해왔는데, 그 기원을 좇아보면 중학교 시절로 거슬러간다. 도서실에서 시험 공부를 하다가 밤늦게 집에 들어가던 길이었다. 도로 한복판 보도블록에 어떤 할머니가 구부정하게 앉아 있는 것을 보았다. 언뜻 보기에도 흰머리가 가득하고 몸이 앙상한 나이 많은 할머니였다. 시간이 늦기도 했고 그날은 유독 피곤했던 터라 집에 빨리 가고 싶은 마음에 그냥 지나치

　　　　　　　　　　　　마음이 흐르는 대로

려고 했다. 그런데 아무리 생각해도 이상했다. 그 도로는 꽤 큰 도로였고 바로 옆은 시장이지 동네가 아니어서, 아무래도 할머니가 길을 잃었거나 정신이 온전치 않을 것이란 생각이 들었다. 혹시나 내가 지나치는 바람에 할머니가 밤새 찬 공기를 맞고 쓰러지진 않을까, 교통사고를 당하진 않을까 걱정이 되었다.

슬쩍 다가가 말을 걸어보았다. "할머니, 밤이 늦었는데 왜 여기서 이러고 계세요? 집이 어디에요? 집 전화번호 아세요?"

역시나 할머니는 아무 대답도 못 하고 나를 뻔히 쳐다보기만 했다. 급히 옆에 있던 공중전화로 난생처음 경찰서에 신고라는 것을 해보고 경찰차가 올 때까지 할머니 옆에 앉아 가만히 기다렸다. 다행히 금세 경찰이 왔다. "할머니가 집을 모르시는 것 같아요. 집을 찾아서 데려다주세요"라고 말하고는 다시 집으로 향했다. 그땐 나도 나이 어린 학생이었고 경찰이라고 하면 왠지 겁부터 나던 시절이라 밤새 가슴이 콩닥콩닥 뛰었다. 그럼에도 용기를 내어 누군가에게 도움을 주었단 사실에 크나큰 뿌듯함을 느꼈다. 이때 처음으로 '단 한 사람에게만이라도 큰 도움을 줄 수 있다면 내 인생은 잘 산 인생이지 않을까'라고 생각했다.

　내가 정신과를 선택한 것도 가장 소외되고 힘들어하는 환자들을 도와주고 싶단 마음이 컸기 때문이었다. 레지던트 시절, 정신 치료를 받던 환자 중에 다섯 번 결혼을 하고 다섯 번 이혼한 50대 여성분이 있었다. 이 여성은 어릴 때부터 새아버지에게 학대를 당했는데, 어른이 되어서 결혼한 남자들도 하나같이 약물중독에 가정폭력을 일삼는 사람들이었다. 나에게 치료를 받으러 왔을 때에는 다섯 번째 이혼을 하고 우울증과 불안장애 증상에 시달려 몇 달 동안이나 집 밖에도 나가지 못하고 있는 상태였다. 그 모습을 보고 걱정하던 딸들이 겨우 병원에 모셔온 것이었다.

　레지던트 시절인 데다가 나 역시 정신 치료에 대해 배우고 있던 입장이어서, 내가 잘 치료할 수 있을지 확신이 들지 않았지만 그럼에도 그분의 사연은 너무나 안타까웠다. 어릴 때부터 학대의 희생자로 괴로운 삶을 살았는데 지금까지도 이렇게 살아야 했다니, 대체 이런 기구한 삶이 또 어디 있단 말인가. 그때 나는 여느 다른 의사들처럼 영어를 완벽하게 구사하진 못했지만, 그럼에도 최대한 그분의 말을 마음 닿는 데까지 들어주며 최선의 노력을 기울였다.

그렇게 그 환자와 1년 동안의 시간을 보냈을 무렵, 갑자기 그녀가 나에게 이런 말을 해왔다.

"You are doing really good now(선생님 요즘 아주 잘하시네요)!"

그녀가 보기에도 어리바리하고 초보 티가 나던 정신과 수련의가 이제는 좀 성숙한 의사처럼 보였나 보다. 나는 이러한 정신 치료 과정에서 사람의 정서와 감정이라는 것은 문화와 언어의 차이를 초월해 통할 수 있는 부분이 많다는 것을 깨달았다. 비록 나의 영어 실력은 다른 의사들보다 부족했지만 내가 환자에게 공감하고, 환자의 회복을 위해 최선을 다하고 있다는 진심을 그들이 느껴주었던 것이다.

여담이지만 이 환자를 치료하면서 꿈을 해석하는 법도 배울 수 있었다. 정신 치료 수련 과정에서는 이론을 배우는 것뿐만 아니라 매주 한 번씩 환자를 볼 때마다 지도 교수님께 경과를 보고하고 다음 치료 방향을 지도받는다. 그렇게 매주 만나면서 환자에게 머릿속에 떠오르는 생각을 거르지 말고 자유롭게 이야기하라고 권유하는데(정신 분석에서는 이 기법을 '자유 연상'이라고 부른다), 그러다 보면 환자들이 치료 과정에서 더 자주 꿈을 꾸고 그 꿈 내용을 의사에게 공유해주는 경우가 많다. 아마도 치료 중에 이야기한 것들을 일주일 동안 이리저리 생각해보기 때문이리라. 이렇게 그 환자도 마음을 터놓고 이야기를 하면서, 또 함께 꿈을 들여다보고 해석하면서 불안 증상이 점점 완화되었다. 물론 여기에는 항우울제와 같은 약물 치료도 병행되었다.

한번은 이 환자가 나에게 이런 꿈 이야기를 해주었다. 자신이 잡동사니로 가득 찬 다락방에 들어가 몇 시간을 정리한 끝에 거의 절반가량을 치웠는데, 눈 깜짝할 사이에 그 치운 것들이 다시 제자리로 돌아와 다락방을 꽉 채웠다는 내용이었다. 그 과정이 여러 번 반복되자 너무 지쳐서 잠시 누워 있었는데 다락방 한쪽 구석에서 작은 새 한 마리가 죽어 있는 것을 보았다고 했다. 가까이 다가가보니 아직 죽지는 않았지만 간신히 숨만 붙어 있는 상태였다고 했다. 새를 살리기 위해 다락방 문을 열어 신선한 공기를 넣어주고 새가 다시 힘을 내기를 바라며 여러 번 쓰다듬어주자, 얼마 지나지 않아 그 새가 창문 밖으로 훨훨 날아갔다고 말했다.

심리 치료사가 아닌 보통 사람이 들어도 그 꿈이 무엇을

마음이 흐르는 대로

의미하는지 쉽게 감이 오리라 생각한다. 그녀는 다섯 번이나 결혼을 하면서 그때마다 '이번에는 괜찮은 사람이겠지. 내가 노력하면 괜찮아지겠지'라고 생각하며 무거운 짐들을 치워보려 애썼지만 순식간에 다시 물건이 제자리에 들어와 가득 차듯 매번 실패를 겪고 좌절해야 했다. 죽어가던 그 새는 아마도 그녀 자신의 모습이 아니었을까. 다행히 그녀는 치료를 통해 점차 상태가 호전되었고, 자신을 좌절과 절망의 나락에 내버려두기보다는 새에게 창문을 열어주어 시원한 공기가 있는 곳으로 날개를 펼치게 했듯 앞으로 나아가려는 의지를 갖게 되었다.

2년이 지나고 치료를 마칠 즈음이 되자 그녀는 자유롭게 외출도 하고 딸들과 쇼핑도 하는 등 거의 정상적인 생활을 해나가기 시작했다. 딸들의 표정 역시 몰라보게 좋아졌다. 그녀는 나와의 마지막 치료에서 내 손을 꼭 잡으며 말했다. "I believe you are an angel God sent to me(나는 선생님이 하나님께서 내게 보낸 천사라고 믿어요)."

그 말을 들은 내 눈에도 눈물이 고였다. 인생을 살면서 단 한 사람에게라도 내가 정말 중요한 도움을 줄 수 있다면 그보다 더 의미 있는 삶이 어디 있겠는가.

중년의 고혈압 환자들의 경우 다른 사람에게 도움을 주라는 과제를 실행했을 때 혈압이 떨어지고 전반적으로 더 건강해진다는 연구 결과도 있다. 실제로 우리는 남을 도와줄 때 더 큰 안정감과 행복감을 느끼고 더 건강해진다. 그뿐만 아니라 다른 감정과는 비교할 수 없는 보람과 만족, 또 그로 인해 내 삶의 의미가 더 충만해지는 느낌을 맛본다.

수많은 한국의 젊은이들이 경쟁자인 남을 밀어내고 그보다 더 앞서가야만 내 앞날이 더 윤택해질 것이라고 생각하지만, 그러한 전략이 더 나은 미래를 보장해주지는 못한다. 오히려 내가 남을 도와주고 남이 나를 도와주면서 가는 길이 더 의미 있다. 물론 남을 위해 무조건 희생하라는 말은 결코 아니다. 더디더라도 함께 갈 때만이 더 큰 성취를 얻을 수 있는 법이다. 또한 그것이 나를 기쁘게 하고 건강하게 만드는 일이기도 하다.

볼티모어의
수고하고 무거운 짐 진 자들

　내가 소아정신과 조교수로 있는 존스홉킨스 의과대학과
그 병원은 볼티모어의 기업인이자 자선 사업가였던 존스
홉킨스의 유언에 따라 그의 이름을 따서 1889년에 세워졌
다. 존스 홉킨스의 부모님은 독실한 퀘이커파(개신교의 한
파로, 평등과 봉사를 중요시하는 교리로 잘 알려져 있다)로, 모
든 인간은 하나님 앞에서 동등하고, 자신이 대접받고자 하
는 대로 남을 대접하라는 가르침에 따라 자녀들을 교육했
다. 이렇게 자란 존스 홉킨스는 평생을 독신으로 자녀도 없
이 사업에만 열중하면서, 물류업과 철도사업 등에 투자해

막대한 재산을 쌓았다.

존스 홉킨스는 볼티모어에서 부자로 살면서도 가난한 사람들이 황열병이나 콜레라와 같은 감염병 유행에 해마다 수백 명씩 죽어가는 모습을 보며 가슴 깊이 안타까워했다. 볼티모어에 무료 병원이 꼭 필요하다고 보았고, 후에 그곳에서 일군 재산을 도시에 모두 환원하고자 대학교와 병원을 세우기로 결심했다. 이를 위해 700만 달러(현재 시가로 1억 4750만 달러가량)를 기부했고, 존스홉킨스 병원은 그렇게 탄생한 것이다.

병원은 그의 의도에 따라 볼티모어에서도 가장 가난하고 어려운 동네에 지어졌다. 그래서 지금도 병원과 의대 캠퍼스 주변에는 시 보조금으로 운영되는 저소득층 아파트들이 즐비하고, 심지어 쓰러져가는 듯한 빈집도 허다하다. 볼티모어는 마약과 폭력 조직(갱)이 만연하고, 총기 사건과 살인 사건 같은 강력 범죄가 많이 발생하기로 악명 높은 도시이기도 하다. 그래서 병원과 의대 캠퍼스 구석구석마다 감시 초소가 있다. 총기 같은 흉기를 소지한 채 지나가는 사람들에게 돈이나 귀중품을 요구했다는 사건은 거의 몇 주에 한 번씩 일어날 만큼 흔한 일이고, 캠퍼스 일대가 마비될 만한 심각한 총격 사건도 몇 년에 한 번꼴로 일어난다.

내가 평화롭기 그지없던 노스캐롤라이나에서 소아정신과 수련을 마치고 존스홉킨스로 간다고 하자, 친한 동기들이 모두 깜짝 놀란 표정으로 "너 정말 볼티모어로 갈 거야?"라고 물으며 걱정을 했다. 여러 병원에 인터뷰를 다녀봤지만, 나는 유독 존스홉킨스 병원과 그와 연계된 케네디크리거인스티튜트가 가장 마음에 들었다.

존스홉킨스에서 면접관인 과장님과 인터뷰를 할 때였다. 이런저런 이야기를 나눈 뒤 곧바로 소아정신과에 두 자리가 있으니 내가 선택만 하면 된다는 긍정적인 반응을 보여주셨다. 그렇게 인터뷰가 끝나고 나에게 "꼭 보여줄 것이 있네"라고 말하며, 지금은 사무실로만 쓰이는 병원 구관(처음 세워진 병원 건물)으로 나를 데리고 가셨다. 수려한 대리석 바닥과 기둥들, 돔 형식의 높은 천장 아래 둥근 난간이 층층이 보이는 내부 구조까지, 과장님은 당시 존스 홉킨스의 재력이 실감나는 웅장한 로비에서 발걸음을 멈추었다. 그러고는 위를 바라보고 층층이 보이는 그 둥근 난간들을 따라 손가락으로 동그라미를 그리며 다음과 같이 설명해주셨다.

"저 둥근 난간들 안쪽에 있는 복도를 따라 위치한 방들이 다 병실이었네. 윌리엄 오슬러 내과 교수가 당시 의대 안에서만 교육을 받던 의대생들과 수련생들을 처음으로 환자가 있는 병실로 데리고 나와 교육을 하기 시작했지. 이렇게 층층이 원을 그리고 있는 둥근 복도를 따라 돌아가며 환자들을 보았는데, 바로 거기서 '라운딩rounding(회진)'이라는 말이 처음으로 생긴 거라네."

나는 그 둥근 난간들과 복도에 보이는 병실 문들을 올려다보며, 현대 의학의 아버지로 불리는 오슬러 교수와 그의 제자 의대생과 레지던트들이 우르르 몰려다니며 환자를 보고 회진하는 모습을 상상해보았다. 그때 젊은 의사로서 느꼈던, 마치 내가 의학의 역사 속 한 장면으로 빨려들어 가는 듯한 신비한 느낌은 지금도 잊히지 않는다.

그리고 그 돔 아래 양팔을 벌리고 서 있는 거대한 '위로자 그리스도상Christus Consolator'을 자세히 바라보았다. 바로 거기서 많은 환자와 그들의 가족이 예수님의 발을 잡고 회복을 기원하는 기도를 드린다고 했다. 그 커다란 발 밑 받침대에 적힌 글을 읽어보았다.

"COME UNTO ME

ALL YE THAT ARE WEARY AND HEAVY LADEN

AND I WILL GIVE YOU

REST."

("수고하고 무거운 짐 진 자들아

다 내게로 오라

내가 너희를

쉬게 하리라.")

그 글을 보는 순간, 마치 하나님이 내게 '이곳이 바로 네가 있어야 할 곳이다'라고 말해주는 것 같은 느낌을 받았다. 의사가 된 것을, 그중에서도 정신과 의사가 된 것을 하늘이 부른 소명이라 생각하고 수없이 공부하고 수련해왔으므로. 힘들고 소외된 사람들에게 위로자가 되어주고 싶다는 나의 뜻이 볼티모어라는 이 험한 도시, 그중에서도 가장 소외되고 힘겹게 살아가고 있는 사람들의 곁으로 나를 이끌었던 것이다.

볼티모어에 처음 집을 구하러 온 날에는 길목마다 경찰차가 서 있는 모습과 사이렌 소리가 하루에도 몇 번씩이나 들리는 것이 참 낯설었다. 볼티모어로 이사 온 후에야 왜 이 도시가 마약과 강력 범죄로 악명 높은 도시인지 비로소 알 수 있었다.

처음에는 이런 상황을 잘 모르고 집에서 캠퍼스까지 20분 정도 되는 거리를 걸어서 출근했다. 한번은 병원에 거의 다 도착했을 무렵, 한쪽 구석에서 젊은 남자가 정신이 흐려진 듯 거리에 무릎을 대고 앉아 있는 모습을 보았다. 이 아침에 젊은 사람이 어쩐 일인가, 경련 후 증상이나 다른 뇌병리가 일어난 건 아닌가 싶었다. 깜짝 놀라 도와주려고 달려가려던 찰나였다. 그런데 조금 이상했다. 출근 시간인지라 내 곁으로 흰 가운을 입은 여러 의사가 함께 걷고 있었는데 다들 그 남자에게 달려가기는커녕 아무도 대수롭지 않게 생각하는 듯 보였고, 심지어 그에게 눈길조차 주지 않았다. 순간 깨달았다. '아, 병으로 아픈 사람이 아니라 마약에 취한 사람이구나!'

이렇게 아침부터 거리 한복판에서 마약에 취한 사람을 보는 게 예사인 곳이 바로 볼티모어다. 그 후에도 낯선 동네

마음이 흐르는 대로

에서 길을 잘못 들었다가 폭탄을 맞은 게 아닌가 싶을 만큼 쓰러져가는 집들이 모여 있는 곳도 보았다. 그런 곳에서는 심지어 개인 병원 건물도 여기저기 부서져 있었다. 범죄가 가장 심한 동네에서는 방탄유리를 해놓은 가게도 심심찮게 볼 수 있다. 대낮에도 직업이 없는 사람들이 남의 집 계단에 몰려 앉아 담배를 피우고, 거리에까지 대마초 냄새가 진동하는 경우도 흔하다.

또 언젠가는 우리 병원에서 환자의 아들이 어머니를 수술한 외과 의사를 총으로 쏜 사고가 벌어져, 충격에 떨며 그 범인이 잡힐 때까지 사무실 문을 꼭 잠그고 몇 시간을 숨어 있었던 적도 있다. 동료 직원들이 캠퍼스를 걷다가 옆길에서 조직 폭력배들끼리 쏜 빗나간 총알에 맞아 응급실에 실려 오는 일도 있었다. 2015년에는 흑인 프레디 그레이가 경찰서로 후송되는 과정에서 척추를 다쳐 병원으로 옮겨진 후 사망하는 사고가 벌어졌다. 경찰의 과잉 진압으로 그가 죽었다고 생각한 흑인들이 폭동을 일으키는 바람에 볼티모어 전역에 통행금지령이 내려지고 군용 트럭들이 시내로 들어오고 무기를 든 군인들이 구석구석에서 보초를 서, 마치 온 도시가 전쟁터같이 변해버린 일도 있었다. 이렇듯 볼티모어는 사이렌 소리와 범죄에 익숙해져야만 하는 결코 안전하지 않은 도시이지만, 10년 이상 살았고 또 여전히 직장을 다니고 있는 나에게는 '제2의 고향'이라고 할 수 있다.

며칠 전에 남편과 함께 한국 장에 다녀올 때였다. 고속도로를 운전해 가고 있는데 도로 가장자리에 커다란 화물 컨테이너트럭과 차들이 몇 대 서 있었다. 무슨 사고라도 났나 싶어 주변을 살펴보니, 차들 사이에 한 사람이 땅에 쓰러져 있고 두 사람이 그를 도와주고 있었다. 슬쩍 보아도 누군가 심하게 다친 상황 같았다.

"자기, 저 사람이 사고로 많이 다친 것 같은데, 저 곁에 있는 두 사람이 의사가 아닐 것 같으니 당신이랑 내가 가서 도와줘야겠어!"

차를 급히 갓길에 세우고 환자에게 달려갔다. 우연인지 다행인지 두 사람 모두 의사라고 하며(이 일대 지역에는 의사가 많다) 말했다. "방금 사고가 일어났어요. 이 사람이 큰 트럭 앞에 갑자기 뛰어들어 치인 후 공중으로 떠올랐다가 땅에 떨어졌어요."

환자는 40~50대 정도의 백인 남성으로 보였다. 의식을 잃어가는 듯한 신음 소리만 들렸고 다른 반응이나 대답은 없었다. 머리에 출혈이 심할 뿐 아니라 땅에 얼굴을 심하게 부딪힌 탓에 안구가 거의 튀어나올 듯 양 눈이 부어 있었다. 입술 부근 얼굴이 심하게 찢어지고 골절되어 대량으로 흘러나온 피가 입 안에 가득 차 있었다. 피가 기관지까지 들어간 듯, 힘겹게 숨을 내쉴 때마다 피와 공기가 섞여 부글거리는 소리가 들렸다. 의사이지만 나는 이렇게 심한 외상은 본 적이 없었다. 남편은 외과 수련 시절에 총상이나 교통사고를 자주 보는 외상센터에서 일했는데도 자기가 본 환자 중에서도 매우 심한 경우라고 했다. 남편이 머리 쪽으로 가서 기도를 확보하려 애썼다.

"구강에 피가 너무 많이 나오고 있어서 기도 확보가 어려워! 장갑 있는 사람 없어요?"

피를 흡입할 기구도, 기관지 삽관을 할 기구도 없었으니 최대한 기도가 막히지 않게 환자의 머리를 잡아줄 수밖에 없었다.

"맥박은 계속 잡혀?"

"응, 약하지만 잡혀. 오른쪽 팔이 골절된 것 같아. 아저씨! 받칠 것, 베개 같은 것 있으면 좀 가져다줘요!" 충격을

받은 채 좀 떨어진 곳에서 보고 있던 트럭 운전사에게 소리
쳤다.

이후에 산부인과 의사도 한 명 더 합류해 우리는 환자를
옆으로 눕혀 피가 기도로 가는 것을 피하고 최대한 기도가
열리도록 머리를 받쳐주고 부러진 팔을 보호하기 위해 받
침대를 놓아주었다. 우리가 할 수 있는 건 그뿐이었다. 혹시
라도 맥박이 끊어지면 심폐소생술을 하기 위해 호흡과 맥
박을 계속 체크했다.

구급차가 빨리 오기만을 초조하게 기다리는 동안, 나는
그제야 환자의 차림새를 제대로 살펴보았다. 찢어지고 허
름한 옷차림에 오랫동안 정리하지 않은 듯한 뭉쳐진 머리
카락이 얼핏 보기에도 노숙자 같았다. 트럭 운전사의 말을
들으니, 두 팔을 십자로 벌리고 멈출 틈 없이 갑자기 뛰어
드는 바람에 정면으로 트럭에 부딪쳤다고 했다. 이런 큰 고
속도로에서 의도적으로 대형 트럭을 노리고 뛰어든 것으로
보아, 실패를 최대한 줄이려 노력한 자살 시도 같았다. 미국
고속도로에서는 대부분의 차가 시속 110~120킬로미터로
달린다. 그 속도로 가던 트럭에 치인 사람은 여러 골절과 내

부 장기 손상은 물론이고, 공중에 떠올랐다가 땅에 떨어졌을 때 머리를 부딪힌 충격으로 심한 뇌 손상을 입을 수밖에 없다. 즉, 이 환자는 사망할 가능성이 매우 높았다. 우리는 아마도 이 환자의 마지막 순간을 지켜보고 있는 것이리라.

잠시 후 애타게 기다리던 구급차가 왔다. 남편이 구급요원들에게 환자의 상태를 전달해주었다. 나는 환자의 어깨에 손을 얹고 차분히 말해주었다. "이제 구급대가 왔으니 괜찮을 거예요."

의식이 없어 보이는 사람일지라도 청각만큼은 살아 있는 경우도 있으므로. 만약 의식이 조금이라도 있었더라면 '죽음을 직면하고 얼마나 공포에 떨고 고통스러워하고 있을까' 하는 생각에 조금이라도 안정감을 주고 싶었다. 다만 그가 "이제 괜찮을 거예요"라는 내 말을 반겼을지, 그렇지 않았을지는 알 수 없었다.

손과 팔과 옷 여기저기에 피가 묻은 채 여전히 충격에 휩싸인 상태로 집에 돌아가는 길에서 나와 남편은 여러 차량이 양쪽 지시등을 켜고 줄지어 가는 모습을 보았다. 오렌지색으로 '장례식'이라는 표시를 달고 있는 차량들이었다. 간혹 장례식 차량 행렬을 보아왔지만 그렇게 긴 행렬은 처음

보았다. 뒤따라가는 차들만 족히 50~60대는 되어 보였고, 고인의 관이 실린 차도 웅장했다.

'이렇게 많은 사람이 그의 죽음을 애도해주러 온 걸 보니, 생전에 참 사랑받던 사람이었나 보다.' 그렇게 길고 긴 장례 행렬을 보면서 나는 조금 전에 본 그 환자의 모습을 떠올리지 않을 수 없었다.

'그가 병원에서 사망한다면 누가 그를 애도하러 올까? 그가 죽어가는 순간에 곁에 있어주기 위해 병원으로 달려오는 사람이 있을까? 오늘 죽겠다고 결심했을 때 그는 어떤 심정이었을까?'

대개 견디지 못할 정도의 극심한 고통으로 인해 오히려 죽는 게 더 낫겠다고 판단한 사람들이 자살을 선택한다. 많은 경우, 그 사람을 죽음으로까지 내모는 고통은 신체적 고통이 아니라 정신적 고통이다. 우울증 같은 질환에서 오는 고통일 수도 있고 생활고에 따른 사회적 고통, 또는 사람들 사이에서 오는 정서적·관계적 고통일 수도 있다. 아마 트럭에 뛰어든 그 남자 역시 살아가는 것이 너무 힘들어서, 산다는 것 자체가 너무 고통스럽고 비참해서, 그 고통을 이제

마음이 흐르는 대로

그만 끝내고 싶어서 자살을 결심했으리라. 그때 여러 의사와 응급구조대원들이 달려들어 당신의 결심이 틀렸다고, 당신은 살아야 한다고 자신을 구하려고 애썼다는 걸 그는 알았을까? 만약 응급실 의사들의 노력으로 그가 가까스로 생명을 유지한다면, 그를 수술할 신경외과와 일반외과 그리고 정형외과 의사들과 회복을 도울 중환자실 의사 등 수많은 의료진이 최선을 다해 그를 구하려고 노력하며, 당신의 생명은 살 만한 가치가 있는 귀중한 것이라고 온몸으로 보여줄 것이다.

애석하게도 그가 양팔을 벌리고 대형 트럭 앞에 뛰어든 그날까지, 그토록 고통에 빠져 허우적거리고 있을 때 그에게는 기댈 수 있는 사람 하나 없었을지도 모른다. 오늘이 오기 전에 누군가 그에게 도움을 주었더라면 그의 오늘이 달라지지 않았을까. 물론 그 답은 알 수 없지만, 이미 죽음을 선택한 그를 죽음에서 돌이키기 위해 오늘 우리가 쏟아부은 노력과 의료적 지원과 재원을 하루라도 빨리 주었더라면 어땠을까 하는 생각을 떨칠 수 없었다.

정신과 의사로서 내가 끊임없이 씨름하고 있는 과제가 바로 '자살'이다. 지금 내 환자 중에도 잦은 자살 충동과 몇 차례의 자살 시도로 고생하고 있는 청소년들이 있다. 또 볼티모어라는 지역과 사회적 특성상, 절망에 빠져 살아날 구멍이 전혀 보이지 않는 듯한 사람들을 많이 보기도 한다. 열악하고 부서진 가정에서 부모에게 사랑과 보호와 적절한 가르침도 받지 못한 채 자라나 직업도, 집도 없이 제대로 대접받지 못하며 살아가는 사람도 정말 많다. 그들에게 어떻게 도움을 주어야 그 깊은 절망의 감정과 극심한 정신적 고통을 조금이라도 덜어줄 수 있을까, 늘 스스로에게 질문하고 또 질문하지만 나는 아직 명확한 답을 발견하지 못했다. 다만 내가 확신할 수 있는 건 그들이 죽음을 결심하는 그날이 되기 전에 그들에게 도움의 손길을 뻗어야 한다는 것이다. 더 일찍 도움이 미칠수록 더 좋은 결과를 낳을 가능성이 높아진다.

안타깝게도 우리나라의 자살 사망률은 OECD 회원국 중 1위다. 생활고와 외로움에 시달리는 노인들, 상대적 빈곤과 자존감의 저하에서 오는 정신적 고통에 괴로워하는 청장년들에게 조금이라도 빨리 다가가 도움을 주어야 한다. 최소한의 생활을 보장하는 정책으로 직업과 집을 잃은 사람들이 숙식과 의료비를 걱정하지 않게 보장해주는 일이, 국가적으로도 사회적으로도 꼭 실행해야 할 일이라고 생각한다. 이는 곧 모든 사람의 삶이 존엄할 가치가 있다는 것을 인정하는 고귀한 정책일 뿐만 아니라, 후에 일어날 더 심각한 문제들을 예방해주기 때문이다. 즉, 사회적·경제적으로도 장기적으로 더 이득이 되는 정책이란 것이다. 스스로 목숨을 끊고자 할 만큼 극심한 처지에 빠진 사람을 도와줄 방법을 모색하는 것은, 어쩌면 그들과 동시대를 살아가는 우리가 피하지 않고 함께 짊어져야 할 인본주의적 humanistic 과제가 아닐까.

꿈을 물면 놓지 않는
핏불처럼

우리 남편은 나를 '핏불pit bull(공격성이 강한 맹견으로 알려진 견종)'이라고 부른다(애정을 담아 부르는 애칭이려니 생각한다). 무슨 일이든 잘 포기하지 않고 사나울 정도로 맹렬히 추진해 안 될 법한 일도 곧잘 되게 만들기 때문이다. 나는 안 된다는 답을 들어도 논리적으로 생각했을 때 분명 가능성이 있는 일이라면 그렇게 쉽게 포기하지 않아도 된다고 생각한다. 그래서 나는 "안 됩니다"라는 말을 들었을 때 곧바로 "알겠습니다" 하고 물러서기보다는 또 다른 가능성을 묻고 타진해본다.

마음이 흐르는 대로

내가 중학생이던 무렵 '과학상자'라고 하는 조립식 만들기 상자가 있었는데, 전국적으로 이 과학상자 조립 대회가 열리곤 했다. 나는 개인적으로 이런 조립하는 일들을 참 좋아해서 시간만 나면 과학실에 가 과학상자를 만지작거리며 놀았다. 한번은 대구시 대회에 나갈 학교 대표를 뽑았는데, 내가 학교에서 가장 잘하는 학생 중 하나였음에도 과학상자 조립을 그다지 좋아하지 않았던 다른 학생들이 대표로 뽑힌 일이 있었다. 내심 서운하기도 하고, 꼭 한 번은 나가 보고 싶은 대회이기도 해서 용기를 내어 선생님께 여쭈어 보았다.

"선생님, 저 과학상자 잘하는데, 저도 대회에 같이 나가면 안 돼요?"

지금 생각해보면 뽑히지도 않은 애가 자기도 데려가 달라고 말하는 별난 상황이었다.

"그래, 그럼 나영이도 같이 가자." 예상 외로 선생님은 흔쾌히 허락해주셨다.

교수가 된 지금 선생의 입장이 되어 제자들을 보면, 잘못하더라도 좀 더 해보겠다고 열정을 보이는 학생들이 더 기특하고, 그래서 더 많이 도와주고 싶다는 마음이 든다. 아마 그때 그 선생님도 나와 같은 마음이지 않았을까. 나는 그렇게 출전한 대구시 대회에서 입상을 해서, 담당 선생님과 함께 서울에서 열리는 전국대회에 나가게 되었다. 그 덕분에 처음으로 대구를 벗어나 서울이란 곳에 가보기도 했다. 그리고 나는 여자 중학교 출신으로 이런 대회에서 수상하는 경우가 매우 드물었던 시절에 전국대회에서 장려상을 수상했다(그 상패는 아직도 우리 부모님 집에 전시되어 있다). 내가 만약 그때 나를 뽑아주지 않은 선생님들을 원망만 하고 있었더라면 이런 결과를 얻을 수 있었을까? 용기를 내어 "나도 데리고 가면 안 돼요?"라고 물어보지 않았더라면 내게는 기회조차 주어지지 않았을 것이다.

정신과 의사로서 환자를 볼 때도 마찬가지다. 자신이 공정하지 못한 대우를 받고 있단 생각이 들었을 때 불평불만에 차 있기보다는, 내가 받고 싶은 대우를 침착하고 조리 있게 요청할 줄 아는 것이 삶을 살아가는 데 정말 중요한 기술임을 뼈저리게 깨닫는다. 미국에서 흔히 쓰는 표현 중 "If you don't speak up for yourself, no one will(네가 너의 입장을 잘 표현하고 요구하지 않으면 아무도 너를 대신해주지 않는다)"이라는 말이 있다. 자신의 의사를 똑똑히 표현해 효과

마음이 흐르는 대로

적으로 협상하고 타협할 줄 알아야 한다는 것을 누구이 가르치는 것이다.

이처럼 나는 어릴 때부터 없던 기회를 곧잘 만들어내곤 했지만, 내가 본격적으로 협상과 타협을 배우게 된 건 불과 몇 년 전이다. 한번은 한국의 몇몇 공립 정신병원에서 내가 몸담고 있는 케네디크리거와 제휴를 맺고 우리 프로그램으로 한국 의사들을 수련 보내는 방안에 대해 알아보던 중, 내가 여기에 교수로 있다는 걸 알고 나에게 연락이 왔다. 그때 나는 앞장서서 한국 병원의 협력 의사를 병원장님께 전달해드렸다. 이 일을 시작으로 나는 케네디크리거와 한국 병원들 간의 협의사항을 중재하는 역할을 맡게 됐다.

하지만 그 과정이 쉽지는 않았다. 양측에서 협력하고자 하는 의사는 있었으나 수련 내용, 과정, 비용 등 구체적으로 바라는 바에 차이가 컸기 때문이었다. 2년 넘게 그 사이를 조율하면서, 나는 책과 온라인 프로그램을 통해 개인적으로라도 협상과 중재에 대해 더 배워야겠다는 생각을 했다. 무엇을 배우든 원칙을 알면 그것을 응용해 각종 상황에 적용할 수 있다. 나는 그러한 사실을 믿고 협상과 중재뿐만 아니라 글쓰기와 블로그 운영, 인테리어 디자인 등 내가 관심 있는 분야들을 온라인 프로그램으로 두루 배웠다.

협상과 중재에 대해 공부할 때 가장 도움을 많이 받았던 책은 와튼스쿨Wharton School(펜실베니아대학교 경영대학)의 스튜어트 다이아몬드 교수가 쓴『어떻게 원하는 것을 얻는 가』와 FBI의 인질 협상 전문가 크리스 보스가 쓴『우리는 어떻게 마음을 움직이는가』였다. 이렇게 여러 권의 책을 읽으며 나는 "There is an exception to every rule(모든 법칙에는 예외가 있다)"과 "Everything is negotiable(모든 것은 협상이 가능하다)"이라는 교훈을 얻을 수 있었다. 협상에 임하며 "그런 경우는 있을 수 없다"라는 말을 들었을 땐 "모든 법칙에는 예외가 있다"는 말을 되새기고, 또 "그렇게는 안 됩니다"라는 말을 들었을 땐 "모든 것은 협상이 가능하다"라는 말을 떠올린다. 미국에서는 이런 적극적인 자세를 "I won't take 'no' for an answer(아니라는 대답은 받지 않겠다)"라고 표현하는데, 다소 강경하게 느껴질 수도 있으나 거기서 나타난 강한 의지와 포기하지 않는 끈기는 대체로 긍정적으로 받아들여진다.

모두가 힘들거나 안 된다고 말하는 일에 도전할 때는 용기가 필요하다. 그런데 '용기가 있다'는 건 '겁이 없다'는 것과는 조금 다르다. 겁은 나지만 용기를 짜내어 해본다는 말이 더 맞을 것이다. 한 번도 해보지 않은 일을 시도할 땐 실패할까 봐 겁이 나는 게 당연하다. 하지만 '실패할 때 하더라도 한번 해보자'고 마음먹으면 용기가 생긴다. 영국의 시인이자 작가인 G. K. 체스터튼은 "어떤 일에 할 만한 가치가 있다면 설사 잘하지 못하더라도 충분히 해볼 만하다(If a thing is worth doing, it is worthdoing badly)"라고 했다. 나는 해보고 싶은 일 앞에서 주저하거나 두려움이 들 때, 스스로에게 이 말을 되뇌며 용기를 북돋아준다. 할 만한 가치가 있는 일은 잘 못하게 되더라도, 혹은 실패하더라도 해보았다는 사실 자체에 가치가 있다는 것. 이 말을 떠올리며 없던 용기까지 쥐어짜본다.

만약 어떤 길이 나에게 가치 있는 길이라면 목적지에 미치지 못하더라도 그곳은 가볼 만한 것이다. 내가 좋아하는 게임이라면 게임을 했다는 그 자체로 즐거우니 굳이 이기지 않아도 괜찮듯이. 벌칙 있다고 게임 안 하는 사람 없고, 또 모르는 게임은 벌칙 좀 받아가면서 배우는 것이 또 재미 아닌가.

　내가 꿈꾸는 삶, 내가 가고 싶은 길이 있다면 그 길이 힘들더라도 일단 한 걸음 내디뎌서 오르막길도 오르고 내리막길도 내려가면서, 어떤 예상치 못한 상황이 다가오더라도 핏불처럼 그 꿈을 쉽게 놓지 않고 끈기 있게 가보는 것이다. 그저 내가 가고자 하는 길을 걸었기에 그리고 스스로 가치 있다고 여기는 일을 했기에, 내가 도착하는 곳이 어디든 내게 후회는 없을 것이다.

죽음 앞에 선
아버지

그날은 내가 존스홉킨스와 케네디크리거에 몸담은 지 3년이 다 되어가는 2011년 어느 겨울날이었다. 마침 텔레비전에서는 김연아 선수의 경기가 중계되고 있었다. 나는 미국 친구들까지 초대해 우리 아파트 라운지에 모여서 열띤 응원을 벌이고 있었다. 나는 한국 선수로서 세계적인 무대에 올라 거의 완벽에 가까운 피겨스케이팅을 보여주는 김연아 선수에 대해 마구 자랑을 늘어놓으며 한창 신이 나 있었다. 그렇게 텔레비전에 흠뻑 빠져 있던 중 한국에서 전화 한 통이 걸려왔다. 어머니였다.

"나영아, 아버지가 아주 위독하시다."

"어?"

"지금 거의 오늘내일 하시는 것 같다. 아무래도 니가 급히 와야겠다. 아버지가 돌아가실 것 같다."

청천벽력 같은 소식에 정신이 아득해졌다. 친구들에게 양해를 구하고 가까스로 울음을 참으며 내 방으로 내려왔다. 급히 그다음 날 비행기표를 끊어 한달음에 한국으로 향했다.

아버지는 지병인 간경화 증상이 더 심해진 데다 간부전까지 오면서 한 달 전부터 나의 모교인 대구가톨릭병원에 입원해계셨다. 아버지의 병세가 점점 심각해지고 있다는 사실은 이미 알고 있었지만, 며칠만 더 있으면 방학이었던 터라 나는 일단 그 후에 한국으로 돌아와 아버지의 상태를 체크하고 치료를 도울 계획이었다. 그런데 그 며칠을 버티지 못하고 이렇게 병세가 급격히 악화될 줄이야. 이제는 간부전에 신부전까지 더해져 투석까지 필요한 상황이었다. 내과 치료로는 기능이 거의 다 죽어버린 간과 신장을 호전시킬 수 없었다. 결국 아버지는 이식을 고려해 외과로 전원되었다. 이제는 간 이식만이 아버지를 살릴 수 있는 유일한

마음이 흐르는 대로

길이었다. 신장 이식도 필요한 상태였지만, 다행히 신부전은 투석으로도 어느 정도 버틸 수 있었다.

간부전이 심해지면 간에서 만들어지는 혈액응고 인자들이 줄어들어 지혈이 잘되지 않고 출혈이 계속된다. 아버지는 이런 상황에서 자주 수혈을 받아야 했고, 그 때문에 수액 바늘이 놓인 혈관을 타고 출혈이 멈추지 않았다. 혈압이 자꾸 위험한 수준으로까지 떨어지고 있었다. 간을 빨리 이식받지 않으면 언제 돌아가실지 모르는 상황이었다.

또 간에서 대사를 잘하지 못한 암모니아의 수치가 높아져 섬망 증상까지 보였다. 자주 정신이 혼미해지고 엉뚱한 말을 반복하셨다. 한번은 침대가 구부러져 있으니 빨리 펴달라는 말도 안 되는 요구를 하면서, 침대가 부서져라 몸을 흔들며 소란을 피우시기도 했다. 결국 팔과 다리를 침대에 묶는 상황에까지 이르렀다. 그럼에도 아버지의 몸짓을 막을 순 없었다. 정신과 의사인 나조차도 섬망 상태에서 오는 증상들이 얼마나 가족들을 힘들게 하는지 처음 경험해볼 정도였다. 정신과 교수님들과 상의해 항정신병 약제를 투여했지만 그럼에도 아버지의 증상은 쉽게 호전되지 않았다. 급기야 "나는 차라리 죽을란다!" 하시면서 투석까지 거부하기 시작하셨다. 아버지는 나날이 죽음에 더 가까이 다가갔다.

이식할 간이 나오기까지 우리 가족은 호출기를 받아 대기해야 했다. 한두 번 대기하라는 급한 호출을 받았지만 기증자의 간이 좋지 않아 모두 취소되었다. 그렇게 1~2주가 흐르자 아버지의 생명이 정말로 꺼져가기 시작했다. 출혈이 계속되었고 정신은 더 자주 혼미해졌다.

'아…… 이렇게 한 사람의 생명이 꺼져가는구나.'

더 이상 우리 가족에게 희망은 없었다. 아버지를 보내드릴 준비를 해야 했다. 어머니는 영정 사진을 미리 준비해두지 않으면 장례가 닥쳤을 때 힘들 거라는 주변 유족들의 말을 듣고, 나를 사진관에 보내 영정 사진을 준비하게 했다. 아버지 또한 잠깐씩 정신이 들 때마다 형부를 불러 통장을 비롯한 중요한 것들을 하나둘 정리하며 떠날 채비를 하시는 듯 했다.

그렇게 하루하루 아버지의 죽음을 예기하고 있던 중 우리 가족에게 또 한 번 호출이 왔다. 50대 여성이 갑작스러운 뇌출혈로 급사하여 장기를 기증한다는 연락이었다. 우리 가족에게는 그야말로 기적과 같은 소식이었다. 하지만 이미 아버지의 상태가 워낙 위중하고 지혈이 되지 않아 담당 외과 팀은 수술 중 사망 가능성이 너무 높을 것을 걱정했다. 사망 가능성은 95퍼센트에 이르는 반면 수술을 성공적으로 마칠 가능성은 단 5퍼센트 정도뿐이라서, 의료진도 수술을 해야 할지 말아야 할지 망설이는 것이었다. 나는 당시 간 이식 팀에 있던 의대 동기에게 호소했다.

"만약 5퍼센트의 확률을 이기고 살아 돌아오는 사람이 있다면, 그게 바로 우리 아버지일 거야. 우리 가족은 아버지가 돌아가실 것을 각오하고 있을 테니 제발 무조건 수술을 해줘."

결국 이식팀은 위험을 무릅쓰고 수술을 시도해보기로 결정했다. 이번에는 뇌사자와 아버지의 신장까지 맞는 경우여서 간 이식 팀과 신장 이식 팀이 공동으로 수술에 참여했다. 혈액과 혈장 등 수액 백을 100개나 준비해둔 대수술이 시작되었다. 돌아가실 가능성이 큰 수술이었던 만큼 서울에서 형부와 언니, 두 조카가 모두 내려왔다. 우리 가족은 수술실로 향하는 아버지를 향해 마지막이 될지도 모르는 인사를 했다.

"아빠, 꼭 살아서 나와야 된데이." 아버지의 손을 꼭 잡은 채 하염없이 눈물을 흘렸다.

우리에게 그토록 애정이 없으시던 아버지. 둘째 딸이라고 갓난아이인 나를 안아보지도 않고 집을 나가버리신 아버지. 두 딸을 '못난이 형제'라고 부르며 예뻐하지도 않고 늘 "딸들은 소용없다. 여자들은 안 된다"라는 말을 귀에 못이 박히도록 하시던, 많이 원망스럽던 나의 아버지. 그렇지만 이대로 보낼 순 없었다. 평생을 잠도 편히 못 자고 일만 하시던 아버지였다. 여생만큼은 편안히 보내게 해드리고 싶었다.

아버지를 수술실로 들여보낸 뒤 온 식구가 손을 모으고 간절히 기도했다.

'하나님, 우리 아버지 육십 평생 일만 하고 고생만 했는데, 불쌍히 여기시고 제발 조금만 더 살게 해주세요.'

17시간이라는 긴 시간 동안 보호자 대기실 의자에 앉아 온 식구가 밤을 꼬박 새웠다. 이윽고 수술실 문이 열리고 집도의 교수님이 나오셨다. 아버지는 잘 버티고 살아 돌아오셨을까, 아니면······.

"수술은 잘되었으니 일단 경과를 지켜봅시다."

기적 같은 소식이었다. 아버지는 그렇게 5퍼센트의 확률을 이기고 수술을 견디셨다. 실려 나오는 아버지의 얼굴은 마치 시체처럼 파랬다. 수술하는 동안 지혈이 되지 않아 흐르는 피를 계속 수혈하며 몸 전체의 피를 수차례 갈았으니 당연히 그랬을 수밖에.

아버지는 중환자실에서 의식을 회복하지 못한 채 며칠을 누워계셨다. 아버지와 비슷한 시기에 수술한 다른 환자는 깨어나지 못하고 끝끝내 사망했다는 비보가 들려왔다. 도무지 깨어나지 않는 아버지를 보며 마음이 타들어갔지만, 우리가 할 수 있는 건 오로지 아버지가 깨어나시기만을 기다리는 일뿐이었다. 아버지는 수술 후 3일이 지났을 때에야 비로소 의식을 되찾으셨다. 복강 내 출혈이 계속돼 한 번더 수술을 해야 했지만 그럼에도 예상보다 더 빨리 호전되는 모습을 보였다. 일주일 이상 호흡기를 단 채 말씀도 못하셨던 터라, 우리는 아버지가 있는 무균실 유리벽 앞에 서서도화지에 글을 써 할 말을 전했다. 아버지는 죽음의 문턱을 넘나드는 상황에서도 내가 직장을 한 달째 비우고 있는 게걱정이 되셨는지, 손짓으로 얼른 돌아가라는 시늉을 하셨다. 당신은 이제 잘 회복할 것이니 나는 나의 일자리로 돌아가라는, 맡은 바 책임을 다하라는 아버지의 당부였다. 나는 하나님이 아버지를 많이 사랑하셨기에 이렇게 기적처럼 살려내신 것이라 믿었다. 그러니 안심하기에는 아직 이른 시기였음에도 아버지는 꼭 사실 것이라 믿고, 아버지의 뜻을 따라 미국으로 향했다.

아버지는 기적적으로 삶을 되찾은 지금도 예전과 크게 다름이 없으시다. 언니와 나 둘 다 딸이라 전혀 도움이 안 된다는 말씀도 여전히 곧잘 하신다. 그렇지만 당시에 내가 한 달가량을 병원에서 잠도 잘 자지 못하고 당신의 상태를 호전시키기 위해 의사들과 계속 치료 방향을 논의하고 또 수술도 간절히 요구하며 당신을 위해 최선을 다했다는 점만은 기억하시는 듯하다. "나영이가 나를 살렸다"라는 아버지의 그 말로, 아버지가 늘 말씀하시는 내가 아버지에게 진 '빚'을 조금은 갚지 않았을까 생각도 해본다.

나는 생사를 넘나드는 아버지를 곁에서 지켜보며 환자들의 가족이 겪는 어려움을 가슴속 깊이 경험했다. 내가 치료하는 어린이들의 보호자, 즉 부모들이 겪는 육체적·정신

　　　　　　　　　　마음이 흐르는 대로

적 고통은 특히나 크다. 내가 겪어본 것에 비하면 비교도 되지 않을 정도다. 전 세계를 막론하고 아픈 아이를 둔 부모들, 특히 엄마들은 자신의 삶을 거의 포기한 채 아이의 치료와 회복에 매달린다. 또, 나의 경우 한 달 만에 내 삶의 터전으로 되돌아올 수 있었지만 아픈 자녀를 둔 부모들은 이런 고통을 평생 지고 가야 하는 경우도 많다. 그래서 나는 어린 환자들을 치료할 때면 그 환자뿐만 아니라 가족들의 고통도 늘 고려하고, 또 가능하다면 힘든 점들을 많이 덜어주려고 애쓴다. 그들을 돌보는 가족들부터 먼저 건강하고 단단하지 않으면 어린 환자들은 장기적으로 잘 치료받기가 힘들기 때문이다.

그런데 의사라는 직업에 오래 종사하다 보면 환자나 환자의 가족들이 호소하는 고통에 점점 익숙해지게 된다. 때로는 그것이 일상처럼 느껴지기도 하며, 나중에는 환자의 호소가 의미 없이 그저 공허하게 울릴 수도 있다. 매일매일 수많은 환자들의 고통을 마치 나의 고통인 양 힘겹게 느끼고 가슴 아파하며 듣는다는 것은 사실 불가능한 일이기도 하다. 그렇기에 의사들은 환자의 괴로움에 너무 크게 휩쓸리지 않으면서도 충분히 고통에 공감하고, 또 치료자로서 이성적으로 문제를 해결하는 수련을 반복한다.

　나는 박애 정신 compassion 을 강조하는 의과 대학 교육과 정신 치료와 약물 치료의 균형을 이룬 정통의 정신과 수련을 받았고, 또 세계 최상이라 할 수 있는 의료 환경에서 교수로서 환자를 보면서, 나름대로 내가 환자와 가족들의 고충을 깊이 공감할 줄 아는 좋은 의사라고 자부했었다. 그렇지만 인생사 많은 일, 특히 힘들고 고통스러운 일일수록 직접 경험하지 않고는 그 아픔의 깊이를 알 수 없듯이, 나 역시 이제 와서야 내 공감의 깊이가 얼마나 얕았는지를 새삼 깨닫게 되었다. 생사를 넘나드는 아버지를 곁에서 지켜본 것이, 또 내가 직접 힘없는 환자의 자리에 서본 것이 그 어떤 가르침과 수련보다도 의사로서 더 값진 배움이었다. 내스스로 일어나지도 못해 땅바닥에 붙어 홀로 병과 씨름하고 오해에 시달리며 의사들의 선처를 구해보았기에, 또 죽어가는 아버지를 살리기 위해 애절한 마음으로 눈물의 호소를 해보았기에, 나는 다시 찾은 의사의 자리에서 환자들과 가족들의 애타는 호소를 마음 깊이 이해해주고 들어주는 사람이 될 수 있었다.

의사로서 20년을 살아온 나지만, 현대 의학으로 완벽히 진단하고 고쳐줄 수 있는 환자보다 그럴 수 없는 환자가 더 많다는 사실은 늘 나를 겸손하게 만든다. 지식과 경험이 풍부하고 병을 잘 고치는 의사가 '좋은 의사'라면, 만약 아직 현대 의학의 힘으로 고칠 수 없는 병에 걸린 환자에게는 어떤 의사가 좋은 의사일까. 아마도 그런 이들에게는 환자와 그 가족의 고뇌를 깊이 공감하고 그 고통을 덜어주기 위해 최선을 다하며, 자신의 이익benefit보다는 환자의 이익을 앞세우는 의사가 좋은 의사가 아닐까. 죽음 앞에 선 아버지를 바라보며, 나는 그런 의사가 '더 큰 의사'라는 사실을 깊이 깨달았다.

운명적이게도 내 삶의 모든 외적인 것들은

늘 우연이라고밖에 할 수 없었다.

오직 나의 내부 세계만이

의미 있고 결정적인 가치가 있는 것이었다.

- 카를 구스타프 융Carl Gustav Jung

Follow Your Heart

4장.

거칠고도 소중한
내 삶을 걸고

중학생 시절 친하게 지내던 명순이라는 친구가 있었다. 까만 피부에 주근깨가 많던, 여느 여자아이들처럼 예쁜 옷 챙겨 입는 데는 별 관심이 없던, 조금은 '촌스러운' 맛이 나던 아이. 하지만 늘 웃음이 많고 자신감 넘치며 모든 일에 주저함이 없던 아이. 다른 또래 여중생들은 로맨스 소설이나 텔레비전 드라마 이야기에 열을 올릴 때 명순이는 내게 "나영아, 우주가 어떻게 생겼다고 생각하노?", "신이 존재한다는 것을 어떻게 알지?" 같은 철학적인 질문을 던지던 친구였다. 우리는 서로 죽이 잘 맞아서 이런 주제들을 놓고 열성적으로 토론하곤 했다. 어린 내 마음에도 특별하고 인상 깊었던 명순이는 종종 내게 자신이 다니던 교회에 함께 가자고 한참을 조르곤 했다.

어느 해 여름방학이 끝나고 학교로 돌아온 첫날이었다. 모두들 방학 동안 있었던 이야기를 하며 수다를 떨고 있었는데, 갑자기 교장 선생님께서 우리 교실에 들어오셨다. 다들 무슨 일인가 싶어 숨을 죽였다.

"여러분, 명순이네 가족이 경운기를 타고 시골길을 가다가 사고로 그만 산등성이로 떨어지는 바람에…… 안타깝게도 명순이가 죽었어요."

그때는 어리둥절하고 실감도 나지 않았다. 슬픈 생각도 잘 들지 않았다. '뭐? 죽었다고? 명순이가 더 이상 이 세상에 없다고?'

교회에 같이 가자고 할 때 한 번은 따라갈걸……. 미안한 마음이 울컥 솟구쳤다. 좋아하는 친구와 더 많은 시간을 함께하지 못한 아쉬움이 밀려왔다. 명순이가 죽었다는 사실을 나는 도무지 믿을 수 없었다. 그렇지만 이토록 완전히 맺어져버린 결말을 두고 아무런 항의도, 그 어떤 대꾸도 할 수 없었다.

명순이가 새긴 것인지 아니면 내가 새긴 것인지 정확하게 기억나진 않지만, 나는 명순이의 이름이 연필심으로 새겨진 말랑말랑한 미술용 지우개를 갖고 있었다. 아마도 내가 명순이의 지우개를 빌려 쓰고 돌려주지 않았던 것일 테다. 그 지우개는 내게 남겨진 단 하나의 명순이의 유품이었다. 나는 그것을 손에 꼭 움켜쥐고 명순이의 이름을 손끝으로 어루만졌다. 그 이후로 이사를 다닐 때마다 그 지우개를 잊지 않고 챙겼고, 그때마다 명순이를 떠올렸다.

그 지우개를 버리면 왠지 명순이를 버리는 것 같은 느낌이 들어서 도저히 그럴 수가 없었다. 지우개마저 없으면 명순이의 짧은 인생마저 잊힐 것 같았다. 내가 명순이를 기억해주지 않으면 우리의 우정을 저버리는 것 같은 죄책감도 들었다. 명순이의 지우개는 내가 의대를 마치고 대구를 떠나 의정부에 갈 때까지 내 짐 속에 들어 있었고, 미국으로 올 때도 필통 안에 자리 잡고 있었다.

미국에서 이사를 자주 다니면서 늘어난 짐들을 정리하고 있던 때였다. 서랍장 안 필통 속에서 오랜만에 명순이의 지우개를 발견했다. 그러고는 예전처럼 엄지손가락으로 지우개에 새겨진 명순이의 이름을 쓰다듬었다. 명순이가 내게 남겨놓은 생생한 기억들을 되새기면서. 그리고 문득 25년이 지난 이제는 명순이의 지우개를 놓아주어도 괜찮겠다는 마음이 들었다. 아쉽고 미안한 마음

마음이 흐르는 대로

을 뒤로하고 이번 이삿짐에는 지우개를 챙기지 않았다.

이제 지우개는 나와 함께하지 않지만, 30년이 지난 지금도 나는 명순이가 짧디짧은 인생을 후회 없이 살다 갔기를 간절히 바라고 있다. 지금까지도 명순이의 웃는 얼굴과 쾌활한 목소리가 눈에 선하다. 아마도 꽤나 자주 내가 명순이와의 시간을 회상했기 때문이리라.

누군가의 죽음 이후 남겨진 사람들에게 남는 건 떠나간 이에 대한 기억뿐인 것 같다. 그를 사랑하고 아끼던 사람들에게는 그와 함께한 경험과 추억이 절대 사라지지 않는 유품일 것이다. 그리고 그 기억과 추억의 가치는 그 사람이 살다 간 세월의 길이와는 아무런 상관이 없다. 그 가치는 그와 함께한 시간의 깊이와 의미에 달려 있을 것이다. 그렇기에 함께 공감하며 웃고, 세상을 바라보며 궁금해하고, 답을 찾으려 머리를 맞대고 궁리하던 명순이와의 추억이 그토록 짧았음에도 나에게는 더 깊고 가치 있게 남았던 것 아닐까.

명순이의 죽음 이후에 나는 또 한 번 동료의 짧은 삶과 이른 죽음을 목격했다. 레지던트 시절 내 바로 위 선배였던 도나의 일이었다. 작은 체구에 조용조용한 말씨, 항상 미소 짓는 얼굴로 주위에 차분한 기운을 전하고 다니던 마음씨 좋은 선배였다. 도나와 이야기를 나누다 보면 스트레스로 가득했던 마음이 절로 평안해질 정도였다. 하루는 일을 하다가 메일함을 열었는데 도나의 친한 동기에게서 한 통의 이메일이 와 있었다. 거기에는 도나가 갑상선암 말기로 죽음을 목전에 두고 있다는 내용이 적혀 있었다. 그저 건강이 좋지 않아 일을 잠시 쉬고 있다고만 알고 있었던 터라 깜짝 놀랄 수밖에 없었다. 그리고 그 밑에는 도나가 이제 치료를 중단하고 호스피스를 통해 고통만 덜어주고 있으며, 며칠 안에 죽음을 맞이할 수도 있으니 마지막 인사를 하고 싶은 사람은 병실을 방문해도 좋다는 충격적인 메시지가 함께 적혀 있었다.

병원에서 일을 하다가 잠시 시간을 내어 도나의 병실로 올라갔다. 선배에게 잘 가라는 인사를 해주고 싶었고, 한편으로는 의사로서 동료의 죽음을 피하기보다는 직시하고 싶단 마음도 있었다. 아마도 가족들에게 둘러싸여 평온한 마지막 시간을 보내고 있을 것이라 생각했는데, 도나는 홀로 병상에 누워 잠들어 있었다. 죽어가는 말기

마음이 흐르는 대로

암 환자에게 마지막 인사를 하러 가면서 나는 대체 무슨 기대를 했던 것일까. 짧은 시간에 심하게 변해버린 도나의 모습에 흠칫 놀라지 않을 수 없었다. 핼쑥한 얼굴에 깡마른 광대뼈, 그리고 그 아래로 도드라지게 튀어나온 입과 치아가 가장 먼저 눈에 들어왔다. 귀엽게 느껴지던 도나의 갈색 단발머리는 흔적도 없이 사라졌고, 백발 같은 하얀 솜털만이 도나의 머리를 듬성듬성 덮고 있었다. 불편할 만큼 머리를 뒤로 젖힌 채 바짝 말라버린 입을 벌려 간신히 숨을 내쉬고 있는 도나의 모습은 그리 평온해 보이지 않았다. 아니, 많이 외로워 보였다. 한 사람의 죽음이란 바로 그런 것 아닐까. 필연적으로 외로울 수밖에 없는, 오직 그 사람만의 몫. 누가 그의 삶을 어떻게 평가하고 위로하건 간에, 결국 그의 삶과 죽음의 참 의미는 오직 그 사람 자신만이 말할 수 있는 것이리라.

나는 꼭 한 번 도나에게 묻고 싶었다. 좋은 의사가 되기 위해 너무 많은 것을 포기했는데, 힘든 수련을 마치고 이제 '꽃 길'만 걸을 차례인데, 그전에 죽음에 이르니 한없이 억울하지는 않은지, 결혼도 해보지 않았고 자녀도 가져보지 않았고 정신과 전문의가 되지도 못했는데 이렇게 빨리 세상을 지는 게 너무 아쉽지는 않은지, 아니면 짧았던 생이었지만 자신이 걷고 싶은 길을 걸으며 후회 없이 잘 살아왔다고 생각하는지. 그렇게 스스로를 위로할 수 있는지. 삶에서 가장 자랑스러웠던 일은 무엇이고 가장 후회되는 일은 무엇이었는지. 그리고 나는 그 물음의 끝에서, 결국 삶을 살아가는 우리는 스스로에게 주어진 시간을 소중히 여기고, 매 순간마다 우리에게 가장 중요하고 의미 있는 일을 선택해야 한다는 것을 깨달았다.

그날 나는 도나의 답을 듣지 못했다. 그리고 그 자리에서 마지막 인사를 건넸다. '열심히 수련하느라 애 많이 썼고 또 병마와 싸우느라 수고 많았어. 이제 하늘나라에서 편히 쉬길 바라. 잘 가, 도나.'

Tell me, what else should I have done?
Doesn't everything die at last, and too soon?
Tell me, what is it you plan to do
with your one wild and precious life?

마음이 흐르는 대로

말해보세요, 내가 달리 무엇을 했어야 하나요?

결국에는 모든 것이 죽지 않나요, 그것도 너무 일찍?

말해보세요, 거칠고도 소중한 당신의 하나뿐인 삶을 걸고

당신은 무엇을 하려고 하나요?

–미국의 시인 메리 올리버의 시 「여름날The Summer Day」 중에서

죽음의 길 위에 서 있는 사람에게 무엇이 가장 중요할까? 아마도 자신이 걸어온 삶에 대한 만족감이 아닐까 싶다. 짧은 인생을 살았다 해도 충분히 사랑하고 충분히 사랑받고, 또 내 마음이 흐르는 대로 하고 싶은 일을 하며 살아온 사람에게, 타인이 그 삶을 어떤 이유로든 다른 삶보다 못하다고 말할 수 있겠는가? 또 세상과 작별하는 날에는 나의 지위나 업적, 재산보다는 내가 사랑하고 아끼는 사람들과 나눈 사랑의 대화, 뜻 깊은 경험들과 추억들이 나를 더 크게 위로해주진 않을까. 그렇기에 나는 '거칠고도 소중한, 하나뿐인 내 삶을 걸고' 내가 진심으로 하고 싶은 것들을 하며 살아가고 싶다. 언제가 될지 모를 죽음의 순간에, 내가 사랑했던 것들과 나와 함께했던 소중한 사람들을 떠올리고 싶다.

진심으로 삶에
임한다는 것 ————

　나는 한국과 미국이라는 두 나라의 서로 다른 문화, 어떤
부분에서는 거의 극적으로 상반된 이 두 가지 문화를 속속
들이 경험한 것이 내 인생의 큰 축복이라고 생각한다. 단 한
번 인생을 살면서 모국의 문화뿐만 아니라 또 다른 나라의
문화에도 몸담아 살아본다는 것이 얼마나 흥미롭고 생각을
깨치는enlightening 경험인가.

　그런데 미국에서 한국인으로서 강한 자긍심을 갖고 살면
서도 나는 한국에 대해 한 가지 안타까운 점을 느낀다. 한국
에서는 각 개인의 독특함을 그다지 긍정적으로 여기지 않는

다는 것이다. 우리나라 청소년들은 각자의 특성과 재능을 최대한 발휘하도록 격려받기보다는, 오히려 그 개성을 누르고 사회에서 요구하는 보편적인 인간상에 맞추어 살아가도록 가르침을 받는 듯하다. 또 부모님들은 최선을 다해 소위 '1등 진로'로 가는 길을 닦아주면서 자녀들을 향해 한눈 팔지 말고 그 길로만 걸어가야 한다고 재촉한다. 그렇게 많은 사람이 인생의 중요한 갈림길에서 자신의 진심을 따르기보다는 부모나 사회의 기대에 부응하는 선택을 하며 성장한다.

하지만 정말이지 미래의 일은 그 누구도 예측할 수 없다. '인생사 새옹지마'라고 하지 않던가. 나에게 이익이 되고 손해가 되지 않는 길을 아무리 철저하게 계산한다고 해도, 내가 계획했던 그 목적지에 안전하게 도착할 것이라 확신할 수 없다. 지금은 확고하게만 보이는 명제도 격변하는 사회 속에서는 그 수명이 영원하지 못하다. 인생의 어떤 문제에든 꼭 들어맞는 길이나 정답이 있는 것은 더더욱 아니다.

답이 보이지 않을 때일수록 우리는 자기 삶의 핵심 원칙들을 점검하고, 자신이 진심으로 원하는 방향을 생각해보아야 한다. 우리는 각각 다 다르게 태어난 존재가 아니던가. 남에게 좋은 길이 나에게도 좋다는 법은 결코 없다. 그래서 다른 사람들이 나에게 바라는 것에 귀 기울이기보다는 living from the outside in 내 진심의 소리에 귀 기울이며 살아야 한다 living from the inside out. 내 인생의 내비게이션은 사회나 타인에게서 오는 게 아닌, 오직 내 안에서 오는 것이기 때문에.

나는 기회가 있을 때마다 학생들이나 후배들에게 이렇게 묻는다.

"우리는 인생을 딱 한 번 살다 갑니다. 그런데 내 인생이 아닌 다른 사람의 인생을 살고 싶나요?"

그러면 많은 학생이 되묻는다.

"아니요. 진짜 내 인생을 살고 싶지만 내가 무엇을 원하는지 모르겠어요. 나의 진심을 잘 모르겠으면 어떻게 해야 하나요?"

내 마음의 소리를 듣는 일에도 훈련이 필요하다. 특히 우리나라 아이들은 자기 안의 소리를 듣고 표현하는 것을 장려하는 분위기 속에서 성장하지 않아서, 더더욱 이런 훈련이 필요하다. 나는 주로 이렇게 한다.

바쁜 일상에 잠시 브레이크를 걸어놓고 소음이 적고 다른 사람들의 목소리가 들리지 않는 조용한 곳으로 간다. 눈을 감고 가슴에 손을 얹어 차분히 심호흡을 한다. 마음이 고요해졌을 때 내게 주어진 선택의 길들을 하나하나 마음속에 그려본다. 이쪽을 선택하면 어떨까, 아니면 저쪽을 해보는 건 어떨까 상상해보며 내 마음의 소리를 느낀다. 무엇을 선택할 때 마음이 설레고 내 미래가 궁금한지, 또 무엇을 떠올릴 때 가슴이 갑갑해지고 우울한 느낌이 밀려오는지. 이는 실로 직감의 영역이라 손익을 따지지 않고 머리를 끈 채 마음을 여는 과정이다. 눈을 감고 가슴에 얹은 손을 통해 내 진심을 느껴보는 것이다.

존스홉킨스와 케네디크리거에 오고 첫 3년간은 발달장애 분야에서 세계적 인지도가 있는 교수님을 멘토로 모시고 연구를 했다. 교수님은 연구자로서 내가 가진 가능성을 높게 평가하셨고, 나도 열심히 연구를 해서 교수님 같은 세계적인 대가가 되어보고 싶다는 생각도 했다. 내가 교수로서의 진로를 의논드렸을 때 교수님은 나에게 이렇게 말씀하셨다.

"자네가 앞으로 10년 정도 지금처럼 열심히 하면 일정선을 넘어 나와 비슷한 위치에 올라설 수 있을 걸세."

당시 신참 교수였던 나에게는 엄청난 격려의 말씀이었

다. 그리고 나는 교수님의 그 말을 곰곰이 생각해보았다. 과연 내가 10년 동안 다른 연구자들과 치열하게 경쟁하면서 많은 것을 포기하고 연구에만 몰두할 수 있을까? 내 인생 중 10년이라는 긴 시간을 아낌없이 투자할 만큼 내가 연구하는 것을 진심으로 좋아하는가? 내가 교수님처럼 되고 싶은 것이 명성과 지위 때문일까, 아니면 교수님의 삶이 진심으로 의미 있어 보여서 그런 것일까? 그런데 교수님과 같은 삶을 산다고 상상해볼수록 내 마음은 그리 설레지 않았다.

교수님은 신참 교수인 나보다 항상 일찍 출근하셨고 더 늦게까지 일하셨다. 가족들과는 거의 시간을 보내지 않으시는 듯했다. 한번은 내가 겨울 휴가를 떠났다가 폭설로 비행기가 취소되는 바람에 며칠 늦게 사무실로 복귀했을 때, 당신 자신은 그런 염려 때문에 겨울에는 일체 휴가나 여행을 가지 않는다고 말씀하셨다. 그만큼 교수님에게는 일이 최우선이었다. 서른다섯부터 마흔다섯 살까지, 인생의 최고 황금기를 교수님처럼 연구에만 몰두하며 산다고 생각하니 가슴이 답답하게 조여왔다. 수없는 고민 끝에 나는 교수님과 같은 삶을 사는 것이 내가 진심으로 살고 싶은 삶이 아니라는 결론에 다다랐다. 나는 이 세상 구석구석을 다 가

보고 싶었고, 연구하는 일 외에도 해보고 싶은 일이 많았다. 결국 교수님께 어려운 말씀을 드려야 했다.

"교수님의 지도와 격려에 진심으로 감사드립니다. 그런데 저는 교수님께서 저를 위해 계획하시고 추천하시는 길이 아닌 다른 길을 찾아보고 싶습니다."

교수님은 왜 연구자로서 앞날이 창창한 조교수가, 자신이 잘 이끌어준다는데도 그 길을 가지 않겠다고 하는지 잘 이해하지 못하셨다.

사실 이런 결정을 내리기까지 힘들었던 가장 큰 이유는 내가 존스홉킨스에 몸담고 있었기 때문이었다. 이곳에 있으면 연구자로서 성장해야 한다는 주위의 기대가 크고, 연구 실적이 부족하면 나라는 사람 자체의 가치가 떨어진다고 느끼기 쉽다. 그렇지만 그런 주위의 생각과 시선 때문에 나의 뜻을 굽힐 필요가 없다는 것을, 나는 이미 잘 알고 있었다. 종국에 나의 삶은 주위 사람이 아닌 내가 직접 살아야 하고, 또 책임져야 하기 때문이다.

국을 끓일 때 냄비 가장자리로 생겨나는 거품을 걷어내야 국의 맛이 더 깔끔해지는 것처럼, 내 진실한 생각과 감정,

그리고 내 마음의 소리를 제대로 들으려면 내가 어떤 사람이 되어야 하고, 어떤 행동을 해야 한다는 주변의 기대와 시선을 걷어내야 한다. 이러한 강박감은 우리 인간의 본능적인 욕구인 소속감, 즉 어떠한 틀에 맞게 fit in 들어가야 한다는 생각에서 비롯된다. 그렇지만 옷에 몸을 맞추기보다 몸에 옷을 맞춰야 하는 것처럼, 나답게, 진실하게 살다 보면 그 속에서 나와 맞는 사람들을 만날 수 있고, 또 거기서 진정한 소속감 belonging을 느끼게 되는 일도 생겨난다. 물론 그 과정에서 외로움도 느낄 수 있다는 것을 미리 받아들이면 더 좋다. 오히려 그것을 외로움 loneliness이라기보다는 진정한 나를 찾아가는 혼자만의 시간, 즉 '고독 solitude'으로 삼아보면 어떨까.

결국 나는 연구에만 전념하는 길을 택하지 않았다. 그 대신 10년 동안 내가 보고 싶었던 세상을 마음껏 경험했다. 30여 개 국가를 누비며 눈 덮인 산중턱에 맞닿은 구름 뒤에서 신선이 걸어 나올 것 같은 히말라야의 신비로움을 맛보았고, 험난하면서도 미묘한 아름다움이 섞여 있는 파타고니아의 빙하를 등반했다. 칠흑 같은 밤을 채우는 아마존 강 위에서 정글 속 동물들의 울음소리를 마치 협주곡을 듣는 듯 눈을 감고 감상했다. 나는 이렇게 광활한 자연과 하나 되는 경험이 너무나 좋다. 이런 느낌은 늘 나의 마음을 새로움과 신비감으로 부풀게 하고, 또 우주 속 작은 점에 불과한 나를 되돌아보며 더욱 겸손하게 만들어준다.

잦은 오지 여행을 다녔던 탓에 직장에서는 많은 사람이 나에게 "What's your next adventure(다음에는 무슨 모험을 계획하고 계세요)?"라고 묻는다. 이곳에서 나는 연구자 researcher라기보다는 모험가adventurer로 더 알려진 셈이다. 나는 동료들과 멘토들이 모범적인 '성공의 길'을 보여주며 나를 이끌어주려고 하는 것도 마다하며, 고집스러울 만큼 진정한 나의 삶을 살고 싶었다. 그래서 나는 '연구자'라는 이름보다 '모험가'로 불리는 것이 더 행복했다. 그리고 예상치 못한 병을 안고 남은 생을 살아야 하는 상황에 놓이다 보니, 내가 주위의 권유와 기대에 따라 지난 10년을 연구에만 몰두했다면 어떤 마음이 들었을까 싶다. 돌이킬 수 없는 그 귀중한 시간을 내가 진정으로 가고 싶은 길이 아닌 다른 길을 걷는 데 써버렸다면 말이다.

자기 내면의 소리에 귀 기울이고 직감을 따라 가보라고 하면 많은 사람이 너무 이상적인, 현실성 없는 이야기를 한다고 생각한다. 만약 자신의 현실이 충분히 행복하고 만족스럽다면 이런 나의 이야기를 꼭 들을 필요는 없다. 그렇지만 현실이 공허하고 힘들다면, 괴롭고 행복하지 않고 우울감에 빠질 지경이라면, 한 번쯤은 현실이 아닌 것을 꿈꾸어도 보고, 또 그 꿈에 가까이 다가가기 위해 삶에 변화를 줘보는 것은 어떨까? 남들이 보기에 화려하지 않은 길일지라도 내가 가고 싶으면 가보고, 또 안 될 것 같다고 미리부터 결론을 내리기보다는 불가능한 꿈에 도전해보고, 그 꿈의 방향으로 한번 살아보는 건 어떨까? 꿈은 어차피 꾸는 사람 마음이니까 말이다.

나는 평탄한 여정과 사회적인 성공을 목표로 하기보다 자신의 진심을 따라 '자기 실현'을 향해 가본다면 그 삶에 어떤 변화가 일어날지 늘 궁금하다. "고개 숙여 자신의 발만 보지 말고, 고개를 들어 별을 보는 것을 기억해라"라는 스티븐 호킹 박사의 말처럼 돌에 걸려 넘어질까 봐 발만 보고 조심해서 가기보다는, 멋지고 설레는 하늘 위 별들도 한번씩 올려다보면서, 좀 넘어지고 다치더라도 결국 내가 가고 싶은 길을 향해 걸어가 본다면 말이다.

어떤 형태로든
긍정적으로 바라볼 것

　　예상치 못한 어려움은 언제나 내 삶과 함께했다. 그리고 동시에 그 어려움으로부터 오는 기회들이 또 내 삶을 지금껏 이어주었다. 굽이진 내 삶의 고비마다 나는 '어떤 상황이 닥쳐도 그 상황을 긍정적으로 바라보려는 마음자세'로 주어진 문제들을 해결해왔다.

　　나는 한국에서 원하던 레지던트 프로그램에 불합격하는 바람에 미국으로 오게 되었다. 그 예기치 않은 미국행 덕분에 더 넓은 기회의 땅에서 내 인생 그 무엇과도 바꿀 수 없는 값진 경험들을 얻을 수 있었다. 또 갑작스러운 병으로 수

년을 고통 속에서 살았고 교수와 의사로서의 삶을 멈출 수밖에 없었다. 하지만 의도치 않게 삶의 쉼표를 얻은 덕분에 내 삶과 주변 사람들을 돌아볼 수 있었고, 또 집중해서 글을 쓰는 기회까지 얻었다. 이런 경험들을 통해 나는 뜻하지 않은 불운이 주어진다고 해도 그것을 마냥 절망적으로 받아들이지 않게 되었다. 어떠한 상황도, 아니 심지어 최악의 상황도 언제나 무한히 나쁘지만은 않고, 최선의 상황도 언제까지나 무한히 좋지만은 않다는 것을 배웠기 때문이다. 이성적으로 상황을 면밀히 살펴보면 언제나 좋은 점과 나쁜 점은 공존하기 마련이다.

그런데 안타깝게도 우리의 사고는 긍정적이기보다 부정적으로 고착되기가 더 쉽다. 좋은 일보다는 나쁜 일이 일어났을 때 더 강렬한 감정을 느끼고 그것을 더 오래 기억하기 때문이다.

캘리포니아대학 데이비스University of California, Davis에서 실시한 어느 심리학 연구 결과를 보면 한 그룹의 환자들에게 '30퍼센트의 실패율이 있는 치료'라고 이야기했을 때 대체로 그 치료를 부정적으로 평가한 반면, 다른 그룹에는 똑같은 치료를 '70퍼센트의 성공률이 있는 치료'라고 말하자 대개 긍정적으로 평가했다. 여기서 더 놀라운 것은, 70퍼센트의 성공률이 다시 말해 30퍼센트의 실패율이라고 설명을 덧붙여주면 처음에는 긍정적으로 평가했던 사람들도 다시 부정적으로 생각을 고치게 되는 경우가 많은 데 비해, 30퍼센트의 실패율이 다시 말해 70퍼센트의 성공률이라고 설명해주면 부정적이던 평가가 크게 긍정적으로 변하지 않았다는 점이다.

이처럼 우리의 뇌와 몸은 부정적인 것을 더 깊고 강하게, 오랫동안 느낀다. 실제로 떡 하나를 훔쳐 간 사람에 대한 분노는 쉽게 잊지 못하는 데 반해, 나에게 떡 하나를 더 준 사람에 대한 고마움은 빠르게 잊곤 한다. 그러니 일부러라도 긍정적인 감사의 마음을 되새기고 자꾸 떠올릴 수 있도록 스스로를 훈련하는 일이 중요하다. 매일이 내 마음에 들지 않고, 좌절이 내 발목을 붙잡고 늘어지는 것 같아도 나 스스로를 다독여야 한다. 오늘 내가 할 수 있는 만큼 진실하고 참되게 살았다고, 오늘 하루 최선을 다해 의미 있게 살았다고, 그렇게 작지만 기쁘고 감사했던 기억을 떠올리면서 스스로를 칭찬해주고 위로해주는 연습을 해야 한다.

의식적으로 계속 무언가에 대해 감사하는 마음을 갖다 보면 억울하고 분통 터지는 마음이 절로 누그러지기도 한다. 심지어 '왜 이렇게 나는 재수가 없지?' 하는 생각보다 '나는 정말 복 받은 사람이야' 하는 생각이 더 들 때도 있다. 그래서 나는 감사란 가만히 있어도 절로 드는 마음이라기보다는 내가 노력해서 생기는 사고와 마음자세라고 본다.

감사하는 자세가 주는 긍정적인 영향은 여러 심리학 실험에서도 수차례 밝혀졌다. 감사를 느끼는 뇌의 부위가 활성화된 상황에서는 우울, 불안, 시기, 미움 등의 마음이 공존하기가 힘들다. 어느 실험에서 '감사 일기'를 쓰는 그룹과 '억울하고 불안한 마음을 털어놓는 일기'를 쓰는 그룹을 비교했는데, 감사 일기를 쓰는 그룹의 불안과 우울 증세가 더 호전되는 결과를 보였다. 더 나아가 이렇게 3개월 동안 감사 일기 쓰는 일을 습관화하다 보면, 놀랍게도 우리의 뇌 회로 자체에 영향을 끼쳐 고마운 일을 경험했을 때 감사함을 느끼는 뇌의 회로가 더 강하게 반응하는 모습을 보였다. 즉, 감사하는 연습을 많이 할수록 감사하는 마음이 더 잘 생기게 되는 것이다.

또 일주일에 5분씩 감사하는 마음을 갖는 습관을 들인

그룹의 사람들이 자존감도 더 높고, 남을 부러워하는 마음도 낮아지는 모습을 보였다. 심지어 정신적 건강뿐만 아니라 고혈압이 호전되는 등 신체적인 건강도 좋아졌고, 다른 사람들과의 관계도 개선되면서 직장에서의 성과까지 높아졌다.

"받은 복을 세어보아라. 크신 복을 내가 알리라"라는 찬송가 구절이 있다. 노력해서 복을 세다 보면 내가 잊고 있었던 '나에게 주어진 복'을 인지하게 될 뿐만 아니라 신체적인 건강과 정신적인 건강, 자존감과 행복이라는 더 큰 복까지도 얻을 수 있다. 나 역시 '삶이 왜 내게 건강이라는 가장 큰 복을 앗아갔을까?' 하며 괴롭고 고통스러운 마음이 들 때마다 내게 남은 복들을 세어보는 연습을 한다. 이만큼이라도 회복했음에, 의사로서 계속 일할 수 있음에, 착한 남편이 곁에 있음에 감사하는 마음을 되새기는 훈련을 한다. 이러한 훈련 덕분에 지금은 당장 힘들더라도 원망하는 마음을 먹기보다는 조금 더 긍정적인 자세로 일상을 살아가게 되었다.

긍정적인 시각은 현재 우리에게 주어진 상황을 받아들일 때뿐만 아니라 미래를 생각하고 중요한 결정을 내릴 때에도 큰 힘과 용기가 되어준다.

모든 중요하고 어려운 결정에는 가능성과 위험성이 공존한다. 그런데 미래에 어떤 일이 일어날지는 아무도 모르기 때문에, 몇 퍼센트가 가능성이고 몇 퍼센트가 위험성일지 정확히 판단하는 일 자체가 애초에 불가능하다. 어차피 아무도 장담할 수 없는 미래라면, 긍정적으로 미래를 바라보면서 내 마음이 흐르는 방향에 따라 내가 하고 싶은 일을 일단 한번 해보는 편이 낫지 않겠는가. 인생의 길에는 꼭 맞는 길도 꼭 틀린 길도 없으니 말이다. 그래서 나는 내게 결정에 대한 조언을 구하는 수많은 사람에게 이렇게 대답해준다.

"If you really want to do it, go for it(네가 정말로 해보고 싶은 일이라면 한번 해봐)."

분기점에 서서 이리저리 고민할 시간에 내 열정이 가리키는 방향에 따라 희망을 가지고 'go for it' 해보라는 것이다.

물론 그 가능성들이 다 이루어지지 않을 수도 있고, 그 길이 매우 험난할 수도 있을 것이다. 그렇지만 내가 가고 싶은 길을 걷는다면 그곳에서 내 자신에 대해 그리고 세상에 대해 더 많은 것을 배울 테니까. 무엇보다도 내 마음이 흐르는 대로 사는 것이 바로 우리가 인생을 후회하지 않고 살수 있는 길일 테니 말이다.

우리는 다 같으면서도
또 다르다는 것 ―――――――――

처음 미국에서 정신과 수련을 시작하면서 영어가 부족하고 미국 문화를 이해하지 못하다 보니 좋은 정신과 의사가 되지 못하면 어쩌나 하는 걱정이 들었다. 그렇지만 곧 세상의 반대편에 와 있어도 사람의 정서란 매우 유사하다는 것을 알게 되었다. 말과 문화를 넘어 사랑, 미움, 행복, 슬픔, 걱정, 두려움, 분노 등의 감정은 거의 동일하다고 할 만큼 비슷하고, 이것을 표현하거나 전하는 데에 꼭 말이 필요하지는 않았다. 내가 진심으로 환자의 고통을 이해하고 도와주려고 노력하면 나의 언어적 표현이 서툴다 하더라도 환

마음이 흐르는 대로

자들이 그것을 마음으로 알아주었다. 걱정했던 것과 달리 사람 사이의 진심은 이렇게 말로 잘 표현하지 않아도 전해질 수 있다는 것을 속히 배웠다.

그러나 이제 정신과에 몸담은 지 17년이 지나면서 그 이상으로 깨달은 점이 있다. 각각의 사람이 바라는 것과 필요로 하는 것, 좋아하는 것과 피하고 싶어 하는 것이 서로 매우 유사해 보이는 것 같으면서도, 더 자세히 들여다볼수록 이해하기 힘들 만큼 제각기 다르다는 것이다. 자녀를 여럿 길러본 사람이라면 잘 알 것이다. 같은 배에서 나온 형제라도 어쩜 이렇게 다를 수 있는지를. 이렇게 형제자매 간에도 성격과 호불호가 다른데, 심지어 남이면 어떠할까. 매우 다르다고 보는 편이 맞을 것이다. 그리고 이 말은 사람의 정서가 언어와 문화를 막론하고 다 유사하다는 앞의 말과 얼핏 상반되게 들릴 수 있다. 그렇지만 나는 이 두 가지가 공존하는 진리라고 믿는다. 쉽게 말하자면, 사람에게는 공통된 정서와 감정이 있지만 그 감정을 일으키는 자극의 종류나 크기, 그리고 그 감정에 어떻게 반응하는가에는 개인차가 있는 것이다. 이런 것들은 대개 타고난 성격과 과거의 경험이 복합적으로 영향을 끼쳐 형성된다.

정신과에서 흔히 인용하는 표현 중에 "아이는 어른의 아버지다"라는 말이 있다. 어린 시절에 어떤 생각과 행동을 하고 자랐느냐가 그 사람이 어른이 되었을 때 '마치 아버지가 아이를 낳고 키우면서 그에게 영향을 주듯' 큰 영향을 끼친다는 뜻이다. 같은 맥락으로 정신과 의사로서 가장 먼저 배우는 것 중 하나가, 어떤 사람의 정체성identity이나 그 사람만의 독특한 성격, 호불호, 그 외의 생각이나 행동을 이해하려면 그 사람의 어린 시절과 과거를 잘 살펴보아야 한다는 것이다. 이는 정신과를 더 깊이 배워갈수록 쉽게 부정할 수 없는 진리이기도 하다.

안타깝게도 정신과와 소아정신과 의사 생활을 하다 보면 갈등이 심하거나 어려운 환경에서 자라는 아이들을 많이 보고, 또 자신의 힘겨웠던 어린 시절과 과거의 경험에 아직도 시달리며 살아가는 사람이 많다는 것을 알게 된다. 남의 가정이나 삶이 겉보기에는 화려하고 행복해 보일지라도, 사실 그 안을 들여다보면 그렇지 않은 경우가 훨씬 더 흔하다. "인생은 가까이서 보면 비극이지만 멀리서 보면 희극이다"라는 찰리 채플린의 말처럼. 그러니 누군가를 볼 때 과거에 받은 상처가 어느 정도 있을 것이고, 그 경험들이 지금의 그 사람을 형성하는 데 영향을 끼쳤을 것이며, 그 경험을 겪어보지 못한 내가 함부로 그 사람을 이해하기 어려울 것이라고 추정해도 크게 그르지 않다.

나의 경우 꽤 심한 곤충공포장애 증상이 있는데, 이는 내가 어린 시절 수많은 바퀴벌레에 시달렸기 때문이다. 나는 그 당시 '대구의 할렘'이라고도 해도 과언이 아닌 중구 대신동에서 오래되고 낡은 한옥 집들이 가득한 동네에서 살았다. 그때 내게는 손가락만 한 날아다니는 바퀴벌레들을 보는 것이 일상이었는데, 커다란 바퀴벌레들은 사람 무서운 줄 모르고 덤벼들곤 했다. 여름에 열어놓은 창문 사이로 날아 들어온 커다란 바퀴벌레가 내 몸에 툭 부딪히고 떨어진 적도 있고, 골목에 서 있는데 내 다리를 타고 기어 올라온 적도 있었다. 언젠가는 코트를 입을 때 소매에서 바퀴벌레가 나와 기겁을 한 적도 있다. 게다가 이런 상황에 기겁을 하면 아버지는 작은 벌레를 가지고 이 난리를 부린다며 오히려 나를 더 야단치셨다. 그러니 벌레에 대한 무서움과 혐오감에다가 아버지가 내 마음을 알아주지 않는다는 서러움, 아버지 말대로 이렇게 시시한 벌레에 벌벌 떠는 내 자신에 대한 수치심까지 겹쳐 그야말로 부정적인 감정들이 폭발하는 상황이었다. 이런 괴로운 경험을 어릴 적부터 반복적으로 겪었던 탓에 나는 그 어떤 곤충을 보아도 과도한 혐오 반응을 일으킨다.

　남편은 내가 곤충에 기겁하는 모습을 보면 왜 작은 벌레 하나에 호들갑이냐고 나무라지만, 또 자신은 밤에 작은 소리만 나도 매우 긴장한 채로 일어나 창문 밖으로 집 주위를 살핀다. 나는 밤중에 동물이 내는 소리이거나 '바람에 무언가가 떨어진 거겠지' 하고 아무렇지 않게 생각하는데 말이다. 아마도 남편이 자란 미국 동네에 항상 범죄나 도둑이 많았고 총기 사건도 많았기 때문일 것이다. 그래서 우리가 지금 사는 동네는 범죄가 거의 없음에도 자동적으로 매우 민감하게 반응하는 것이다.

　이렇듯 우리는 인간으로서 매우 유사한 감정을 공유하지만, 감정이 촉발되는 상황과 반응하는 모습은 매우 다르다. 그러니 겉보기에 좋아 보이는 남의 인생을 따라 하려고 노력한다거나 사회가 기대하는 특정한 목적지를 보고 한길로만 가라는 조언을 따르며 살다 보면, 아무리 좋은 결과를 낸다 해도 거기에서 내가 기대했던 행복이나 만족감을 느끼지 못할 가능성도 높은 것이다.

현대사회를 살아가는 수많은 사람이 상대적 빈곤, 상대적 자존감 저하 등 다른 사람과 비교해 자신이 '상대적'으로 못하다고 느끼는 데서 우울을 겪는다. '나는 왜 이리 못났을까?', '나는 왜 저 사람처럼 잘하지 못할까?' 하는 생각들이 시도 때도 없이 머릿속을 헤집고 다닌다. 급기야 타인의 화려한 SNS는 그러한 우리의 생각을 더욱 확고하게 만든다. 그런데 우리의 감정이 촉발되는 상황과 반응이 각각 다르듯이 우리의 타고난 재능과 취약점, 또 경험과 배움으로 익힌 강점과 약점도 판이하게 다르다.

영어 표현 중에 "comparing apples and oranges(사과와 오렌지를 비교한다)"라는 말이 있다. 즉, 사과와 오렌지처럼 서로 전혀 다른 대상을 비교한다는 뜻이다. 사과는 사과와, 오렌지는 오렌지와 비교해야 함이 맞다. 사람은 타고난 성격의 특성, 제각기 살아온 경험이 하나하나 다르기 때문에 그 누구와도 비교할 수 없다. 나를 누군가와 비교하는 것은 사과를 오렌지와 비교하는 것처럼 무의미한 짓이다. 언젠가 이런 말을 들은 적이 있다. 남과 나를 비교하기 시작하면 두 가지 상황이 일어날 수 있는데, 남이 더 잘난 것 같아서 비참하게 느껴지거나 아니면 내가 더 잘난 것 같아서 교만

해진다는 것이라고('비참'과 '교만'의 앞 글자를 따면 '비교'가 된다). 두 경우 모두 내 삶의 가치와 질을 떨어뜨리고, 나의 성장에 해가 될 뿐이다.

우리가 같으면서도 다르다는 것을 온전히 받아들이면 타인과의 관계에서 오는 갈등도 줄일 수 있다. 다양한 민족과 인종이 모여 있는 미국이라는 나라에 살다 보면 조금만 주위를 둘러보아도 전혀 다른 모습의 사람들과 문화를 쉽게 접할 수 있다. 미국을 흔히 '멜팅 폿melting pot(이것저것 넣어 다 같이 녹이는 솥)'이라고 부르듯이 이곳의 사람들은 자신들의 특성을 유지하면서도 조화를 이루어 살고 있다(물론 이로 인한 갈등도 있지만). 마치 미국이라는 큰 솥에 각종 야채, 고기, 소금, 후추, 마늘, 양파, 파가 섞여 들어가 자신만의 맛을 유지하면서도 서로 조화를 이루어 감칠맛 나는 요리를 만들어내는 것 같다. 만약 여기서 서로 타고난 맛이 다르다는 것을 인정하고 조화를 이루기보다, 소금이 후추보고 너는 왜 그리 맵냐든지, 후추가 소금보고 너는 왜 그리 짜냐고 불평한다고 생각해보라. 절대로 해결될 수 없는 갈등 상황에서 서로 화를 내고 미워하며 괴로워하게 될 뿐이

마음이 흐르는 대로

다. 이렇듯 다른 사람의 생각과 감정, 행동의 성향을 '다르다'고 보지 않고 '틀렸다'고 보기 시작하면 갈등이 커진다. 나아가 미워하거나 원망하는 마음까지 생길 수 있다. 또 달리 보면 타인이 나를 완전히 이해해주기를 바라거나, 그러지 못한다고 해서 남을 질책하는 것도 모순이다.

요즘 정신과를 찾는 많은 사람이 다른 이와의 관계에서 오는 갈등을 해소하지 못하고 괴로워하며 우울해하는 모습을 자주 본다. 이때 우리 각자가 타고난 맛이 있고, 각각 얼굴과 지문이 다르듯이 결국 우리는 이해하기 힘들 만큼 서로 다르다는 것을 그저 받아들여보면 어떨까. 그 어떤 사람도 동일하게 태어나지 않았으며, 또 서로 헤아리기 어려운 과거가 있으니 말이다. 남이 나와 많이 다른 것을 '틀렸다'며 바꾸려 하기보다는 그대로 보듬어 안아준다면 말이다. 그럴 수만 있다면 나는 이 세상에 하나뿐인 독특한 사람이라고 자부심을 가지고, 또 남도 단 하나뿐인 유일한 사람임을 존중해주면서 모두가 나답게 살 수 있지 않을까. 그리고 이것이 곧 관계 속에서 오는 갈등의 재료를 공생과 조화의 재료로 승화시킬 수 있는 현명한 자세 아닐까.

나 자신과의 미팅이
더 중요하다는 것 ───────────

　남편은 내가 머리를 굴리며 잡생각을 하고 있는 모습을
볼 때마다 "Shut off your brain(머리를 꺼)"이라고 말하며 핀
잔을 주곤 한다. 실제로 나는 아침에 눈을 뜨고부터 잠자리
에 누워 잠이 들 때까지 말 그대로 온종일 온갖 생각에 사
로잡혀 있는 사람이었다(집중력 부족 과다행동 장애가 있는
사람들이 대개 이러하며, 내 아버지도 이러시는 걸 보니 아무
래도 이런 내 성향은 유전인 것 같다). 사실 병에 걸리기 전까
지만 해도 나는 끊임없이 생각을 하는 게 사람을 이토록 지
치게 할 만큼 에너지가 많이 드는 일인지 알지 못했다. 뇌

무게는 우리 몸무게 중 고작 2퍼센트 정도에 불과하지만, 뇌는 몸 전체 혈류의 15퍼센트, 하루 치 열량의 25퍼센트 정도를 소비하는 매우 비중 있는 장기다. 그러니 그만큼 생각을 많이 하거나 신경을 쓰는 일은 많은 에너지를 필요로 할 수밖에 없다. 어쩌면 신체적인 노동보다도 뇌의 노동이 사람을 더 녹초가 되게끔 만들기도 하는 것이다.

병에 걸리고 난 후, 내 몸에서는 뇌로 가야 할 혈류와 에너지 공급이 급격하게 떨어지는 경우가 자주 일어나서 나는 반강제로라도 뇌를 충분히 쉬게끔 만들어줘야 한다는 것을 배웠다. 심장관상동맥 질환으로 인해 심장으로 가는 혈류가 줄어드는 경우 격한 운동을 하면 심한 통증이 오듯이, 뇌로 가는 혈류가 떨어지는 상태에서 생각을 골똘히 할수록, 즉 뇌를 격하게 운동시킬수록 두통이 심해지는 걸 나날이 경험했다. 그러다 보니 꼬리에 꼬리를 물고 이어지는 머릿속 생각들을 어떻게 끊어내야 하는지, 어떻게 하면 내 뇌를 마치 컴퓨터를 종료하듯 끌 수 있는지가 내 삶의 크나큰 과제가 되었다.

직장에서 일을 하다 보면 이런저런 미팅에 참석해야 할

때가 많다. 물론 정말 중요한 회의도 있겠지만, 사실 그중에는 나에게 큰 의미가 없는 회의도 있기 마련이다. 별 의미 없는 회의일지라도 우리는 직장에서의 회의는 꼭 휴대폰 캘린더에 적어 알람 기능까지 설정해두고서 그 시간에 늦지 않으려 노력한다. 물론 직장 생활을 하는 이상 이는 너무나 당연한 말이겠지만, 나는 그보다 더 내 삶에 중요한 건 '나 자신과의 미팅'이 아닐까 생각한다.

과연 나 자신과의 미팅을 중요하게 생각해 따로 시간을 내고, 늦지 않도록 캘린더에 저장해두는 사람이 몇이나 될까? 아마 많지 않으리라 생각한다. 이는 마치 내 삶에 큰 의미 없는 사람들에게 "당신이 나보다 더 중요하다"라고 말하며 내 삶의 우선순위를 내어주는 것과 같다.

나는 나 자신과의 미팅을 다른 말로 '명상'이라고 본다. 세상 속에서, 그리고 나를 둘러싼 외부로부터 오는 잡음을 끊어내고, 지금 여기에서 나의 생각과 감정을 평가하거나 판단하지 않고 그저 관찰하고 놓아 보내는 훈련이 바로 나 자신과의 미팅, 즉 명상이다. 이렇게 보면 아무리 바쁘더라도 나 자신과의 미팅을 내 삶의 우선순위에 두어야 함이 맞다. 또, 나에게 명상은 깨어 있는 시간 동안 끊임없이 생각을 가동하는 뇌를 끄고 잠시 쉬게 하는 거의 유일한 방법이기도 하다.

명상, 특히 우리나라에서도 잘 알려져 있는 '마음 챙김 명상mindfulness meditation'은 여러 임상 연구에서도 불안과 우울, 외상 후 스트레스 장애 등의 증상에 치료 효과가 있다고 증명되었다. 마음 챙김 명상은 인도와 티베트 수도자들이 행하던 명상과 요가 명상을 바탕으로 고안된 것인데, 쉽게 말하면 '내가 지금 느끼고 경험하는 것에 집중하는 연습'이다. 즉, '왜 나에게 이런 병이 왔을까?' 하며 과거에 일어난 일을 억울해하거나, '오늘은 또 피로감 때문에 하루를 망치겠군'이라며 미래에 일어날 일을 걱정하는 것에서 벗어나 '지금 여기'의 나로 생각의 시야를 돌리는 연습이다.

그런데 많은 사람이 '명상'이라고 하면 몇 시간씩 눈을 감은 채 꼼짝하지 않고 무념의 도를 닦는 스님을 떠올리며 무척 어렵게 여긴다. 하지만 명상은 내 환자인 아이들에게도 가르칠 수 있을 만큼 전혀 어렵지 않다. 요즘은 마음 챙김 명상을 해볼 수 있는 무료 애플리케이션도 많다.

물론 애플리케이션이 없어도 언제든 명상은 가능하다.

내가 하는 방법을 간단히 소개하자면 다음과 같다. 조용하고 주의를 빼앗기지 않을 만한 곳에서 편안한 자세(나는 주로 누워서 한다)로 눈을 감거나 내리깔고, 아주 천천히 그리고 길게 호흡한다. 심호흡을 느리게 들이마시면서 가슴이 부풀어 오르고 내쉬면서 다시 가슴 폭이 줄어드는 것을 느껴보는 것이다. 평소에는 호흡의 과정을 일일이 느끼거나 신경 쓰지 않지만, 명상을 하는 도중에는 좀 더 의도적으로 지금 이 순간의 경험과 느낌에 집중한다. 그러면 저절로 과거나 미래의 일에 대한 걱정이 어느 정도 마음속에서 사그라든다. 천천히 마음속으로 넷을 셀 동안 코로 숨을 들이쉬고, 둘을 셀 동안 숨을 멈추고, 다시 넷을 세며 천천히 입으로 내쉬는 것을 반복한다(조금 더 익숙해지면 4-2-4초씩 하던 것을 4-7-8초씩 해보면 좋다). 잔잔한 음악이나 물 흐르는 소리 등과 같이 마음이 차분해지는 배경음악을 틀어놓아도 좋다. 미국 해군 소속 특수부대 네이비씰Navy SEAL 대원들도 긴장되는 실전 전투 상황에서 마음을 가라앉혀 생각을 또렷이 하고, 침착하게 임무를 수행할 수 있도록 이와 유사한 호흡법을 훈련한다.

이런 호흡이 어느 정도 익숙해지면 호흡에 따라 자신만

의 만트라mantra(명상에서 집중에 도움이 되도록 반복하여 읊조리는 언사, 어구, 소리)를 마음속으로 혹은 소리 내어 되뇌어보면 좋다. "괜찮다", "평온하다"라거나 "나는 가치 있는 (혹은 가능성 있는, 사랑받는) 사람이다", "나 지금 잘하고 있는 거야"처럼 위로나 희망, 긍정이 가득한 어구들을 반복하면 도움이 된다.

그런데 이렇게 명상을 하다 보면 잡생각이 들 때가 많다. 이는 매우 자연스러운 현상으로, 잡생각 자체를 나쁘게 여길 필요 없이 그저 '내가 지금 이런 생각을 하고 있구나' 하고 알아차리고 다시 숨 쉬기에 관심을 돌리면 된다. 이것을 '판단하지 않는 알아차림'이라고 한다. 명상을 자주 하다 보면 마치 스노우글로브를 뒤집었다 똑바로 놓았을 때 투명 유리구 속 눈송이들이 서서히 가라앉듯이, 잡생각들도 조금씩 가라앉고 조용해지는 것을 경험할 수 있다.

또한 명상은 마음과 몸의 긴장을 풀어주고 차분하게 해주는 효과가 있어, 나의 자율신경계 이상 증상(교감신경 항진 증상)도 한결 완화시켜주었다. 이러한 효과는 반드시 길게 명상을 해야만 나타나는 것은 아니며, 임상 실험에서는 단 5분만 명상을 해도 효과가 있다고 밝혀졌다(여기에 더해 하루에 10분씩 꾸준히 하면 심혈관 질환의 합병증이 줄어드는 것으로 나타났다). 이렇듯 나는 병 때문에 나타나는 고통스러운 증상을 다스리기 위해 본격적으로 명상을 시작했다. 별 걱정도 없었는데 가슴이 조이며 숨이 갑갑하고, 심장이 뛰고, 머리가 아프고, 밤에도 신경이 곤두서 잠이 잘 오지 않는 교감신경 항진 증상들에 시달리고 있을 때 명상을 통해 이러한 증상들이 사르르 녹아드는 신기한 경험을 했다. 즉, 명상을 통해 내 몸이 내 머리와 자율신경계에 "날 잡아먹을 늑대 무리가 없으니 안심해도 된다"라며 신호를 보내준 셈이었다. 교감신경 항진 증상을 줄이는 약도 여럿 쓰고 있었지만 그보다 오히려 명상의 효과가 훨씬 더 빨리, 그리고 더 크게 느껴질 정도였다. 그전까지만 해도 나는 시도 때도 없이, 이유도 없이 찾아오던 병의 증상들을 아무런 방어책 없이 온몸으로 맞으며 시달리고만 있었다. 그런데 이제는 내가 명상을 통해 그것들을 어느 정도 잠재울 수 있다는 자신감을 얻었다. 이렇게 시작한 명상을 이제는 거의 매일 하고 있다.

병을 앓게 됨으로써 명상을 배우고, 또 매일 나와의 미팅을 습관처럼 할 수 있게 되었다는 점은 내가 병에 대해 크게 감사하는 부분이다. 여러 명상 전문가들의 가이드를 따라 좀 더 심도 있게 명상하며, 내 안에 있는 여러 생각과 갈등을 내려놓고 풀어내는 훈련을 많이 할 수 있었다. 이렇게 불편한 마음을 가라앉히고, 긍정적이고 감사하는 어구로 마음을 채우는 연습을 하면서 나는 나를 사로잡는 불평과 걱정으로부터 더욱 자유로워졌다.

돈도 들지 않고 엄청난 시간과 노력을 요하지도 않는 간단한 일이지만 명상이야말로 우리의 마음과 정신을 치유해주는 '만병통치약'에 가까운 듯하다. 신체의 건강을 위해 다이어트도 하고 시간과 돈을 들여 운동도 하는데, 정신의 건강을 위해 이 정도는 투자해볼 만하지 않을까. 더군다나 다른 사람과의 미팅을 중요하게 생각하는 것보다 더, '지금 여기 나'와 만나는 시간을 중요하게 생각해볼 순 없을까. 이 순간의 나 자신을 만나고, 또 내 삶에 주어진 복에 감사하는 명상의 시간을 삶의 우선순위로 두어보는 건 어떨까.

나의 길을 넘어
초월의 길로 ─────────

　최근에 고등학생인 조카가 "요즘은 대개 한 반의 친구들 하나하나를 경쟁상대로 보지, 서로 도와주고 위해주어야 할 상대로 보는 경우는 드물다"라고 말하는 것을 듣고 깜짝 놀란 적이 있다. 나는 아무리 사회가 변했어도 부모님들이나 그렇게 생각하지, 아이들은 그러지 않을 것이라 생각했다. 사회적인 영향으로 아이들까지도 친구라는 사람 그 자체보다는 점수나 석차를 더 중요하게 본다는 점이 안타까웠다. 나는 '사람'이 아닌 다른 가치를 앞세우는 이의 삶은 궁극적으로 '잘 산 삶'이라 볼 수 없다고 생각한다. 억만장

자가 되든, 노벨상을 타든 그 과정에서 사람을 존중하고 위하지 않고 그저 자신의 목표를 이루는 데 쓰이는 '도구'로만 여겼다면 그 삶의 마지막에 섰을 때 과연 무엇을 얻었고, 또 무엇을 이루었다고 할 수 있을까.

지금껏 내 삶을 살아오면서, 그리고 수많은 나의 환자와 가족들의 삶을 보면서 깨달은 점이 하나 있다. 우리 삶의 궁극적인 목적은 결국 '사람을 위하는 것'이라는 진리다. 그리고 이것은 첫째로는 나를 위하는 것이고, 둘째로는 나 이외의 다른 사람을 위하는 것이다. 나를 마구 희생하면서 남을 위할 순 없고(그럴 필요도 없으며), 남을 마구 희생하면서 나를 위할 수도 없다(그래서도 안 된다). 참된 나를 실현하는 과정 속에서 그저 내 주위에 있는 사람들과 서로 도와가며 살아가는 것이 진실한 삶이 아닐까 한다. 혼자 가는 사람은 빨리 가고 함께 가는 사람은 멀리 간다는 말처럼, 우리의 인생은 마라톤이므로 함께 가야 함이 맞다. 그러다 보니 무슨 일을 놓고 고민할 때에는 일단 '사람을 존중하는 것'을 우선으로 두고 고민하면 더 좋은 답이 나오는 경우가 많다.

남편의 경우 여러 파트너와 함께 꽤 큰 개인 병원을 운영하다 보니 병원 재정을 생각하지 않을 수 없는데, 그럼에도 남편이나 나나 절대로 재정 혹은 돈을 환자보다 앞세우면 안 된다고 믿는다. 이것은 의사로서 우리의 철칙이기도 하다. 예를 들어 두 가지 유사한 시술이 있는데 결과는 별 차이가 없는데도 보험 수가가 두세 배로 나오는 것들이 있다. 대체로 새로운 기술을 쓴 시술들이 비싼 편인데, 비싸더라도 또 그 나름대로 아직 잘 알려지지 않은 위험성이 있을 수 있다. 이런 상황에서 수익만을 고려해 수가가 더 높은 시술을 하라고 환자를 재촉해선 안 된다는 것이다. 특히 환자의 건강과 생명을 다루는 의사는 더더욱 환자에 대한 측은지심compassion과 그 사람을 존중하는 마음을 가지고 환자 그 '사람'을 위한 결정을 내려야 한다.

이는 의사뿐만 아니라 다른 직업도 마찬가지일 것이다. 새로운 아이디어로 사업을 크게 일으킨 창업자들을 보면 어떤 상품으로 돈을 많이 벌겠다고 생각한 사람들보다, 그 상품으로 사람들의 불편을 개선해주고 싶었다는, 즉 '돈'보다는 '사람'을 먼저 생각한 창업자들이 더 성공한 경우가 많다. 그렇게 만들어진 상품은 보란 듯이 더 많이 애용되어 재정적인 성공을 가져다주기도 한다.

내 아버지가 점점 나이를 먹어가던 때에, 아버지가 평생 몸담았던 공장 산업이 인건비 문제로 인해 중국으로 거의 다 넘어간 적이 있었다. 대구의 수많은 봉제 공장들이 연이어 문을 닫았다. 아버지가 하시던 작은 공장은 겨우 살아남기는 했지만 상황을 이기지는 못했다. 아침부터 밤까지 열심히 일을 해도 수입이 전혀 생기지 않는 어려움에 처했다. 우리 가족은 이제는 아버지가 힘든 공장 일을 그만두시기를 바랐다.

"지나 아빠(어머니는 항상 아버지를 이렇게 부르셨다), 지병도 이래 많고 건강도 안 좋은데 돈도 안 벌리는 공장 일을 와 그래 힘들게 하노. 이제 공장은 그만 닫고 건강 관리하면서 쉬엄쉬엄 살지."

그렇게 평생 돈에 집착하던 아버지였는데, 돌아오는 대답은 예상외였다. "내가 이 사람들 월급은 주잖아. 그 식구들 먹여 살려야지."

공장 문을 닫게 되면 공장에서 일하던 직원들이 하루아침에 실직자가 될 것을 걱정하셨던 것이다. 아마 자신도 공장이 망할 때마다 좌절감과 어려움을 수도 없이 겪어보았기 때문 아니었을까. 결국 아버지는 자신의 건강이 급격히 악화되어 간과 신장 이식 수술을 받아야 할 지경이 되기 전까지 공장 문을 닫지 않으셨다. 돈이 벌리건 안 벌리건, 수년에서 수십 년 함께한 직원들과 그 가족들의 생계를 위해 수익도 거의 없는 일을 힘들게 계속하신 것이다. 이러한 것을 이타적, 즉 남을 위하는 일이라 볼 수도 있겠지만, 사실이는 궁극적으로 나를 위한 일이기도 하다. 아버지는 그 직원들이 자녀들을 잘 키우고 대학에 보내는 것을 보고 진심으로 흐뭇해하셨다. 오래 일해왔던 직원이 그동안 모은 돈으로 아담한 집을 샀을 때에는 우리 부모님이 직접 같이 가서 보시기도 했다.

"야가 그렇게 열심히 일하더니 집을 아주 참한 거 샀네."

그렇게 마치 자신들이 집을 산 듯 함께 기뻐하고 매우 자랑스러워하셨다. '사람'을 우선시했던 그 마음이 결국 자기 삶의 의미를 더 깊게 하고, 자신의 마음을 뜨겁게 채워준 것이다.

앞에서 언급했듯이 에이브러햄 매슬로는 '인간의 욕구 단계설'에서 인간이 지닌 최상의 욕구를 자신이 지닌 최고의 가능성에 다다르는 '자기실현 self-actualization'이라고 했다.

마음이 흐르는 대로

그리고 자기실현을 성취한 사람들이 보이는 공통점을 연구 관찰하여 다음과 같이 묘사했다. 자기실현을 하는 사람들은 대체로 무엇이 진실이고 무엇이 거짓인지를 잘 가려낸다. 대개 삶에서 많은 어려움에 직면해본 사람들이며, 그 어려움을 풀어가야 할 문제로 보고 해결책을 구상하고, 또 그러한 과정에서 홀로 있는 것을 두려워하지 않으면서도 대체로 건강한 관계를 유지하는 사람들이다. 또 그들은 현실을 잘 직시하고 자신뿐만 아니라 타인, 그리고 세상을 있는 그대로 받아들일 줄 알며, 자신 외의 일에도 늘 관심을 가진다. 동시에 자발적이고 창의적이면서 사회의 관례에 잘 구애받지도 않는다. 간혹 충동적이라는 평가를 받기도 한다.

이런 특성들을 내 모습에 비추어 생각해보았다. 운 좋게도 나는 매슬로가 말한 자기실현에 다다른 사람들의 특성을 여럿 가지고 있는 듯하고, 또 누가 뭐라 하든 내가 원하는 삶을 소신 있게 잘 살 수 있을 것 같다는 자신감도 어느 정도 있다. 그렇다면 나는 자기실현이라는 정점에 이를 수 있을까? 그럴 수 있다면 남들이 부러워하는 삶은 아닐지언정 나 자신은 더없이 행복하고 만족스러울 것이다. 아마도 많은 사람이 이런 삶을 살 수 있다고 생각하기만 해도 가슴이 들뜰 것이다. 모든 욕구가 다 채워지고 더 이상 바랄 것 없는 정점에 이르는 것이니 더욱 그러할 것이다. 그때를 상상하며 내 가슴에 손을 얹고 솔직하게 대답을 찾아보았다. '나 역시 그럴 수 있을까?' 아쉽게도 답은 '아니다'였다. 물론 여러 역경을 잘 넘겨가며 나답게 살아온 나의 삶이 무척 뿌듯하고 만족스러우며, 별다른 후회도 남지 않는다. 그렇지만 더 궁극적인 앞날을 생각했을 때 가슴 한구석이 텅 빈 듯한 느낌을 지우기가 힘들었다. 이를 보면 최상의 욕구라는 '자기실현'의 경지에 올라도 메워지지 않는 욕구가 있는 것 아닐까.

사실 자기실현이 인간이 가질 수 있는 최상의 욕구라 말한 매슬로 본인도 말년에 가서는 반전된 생각을 보이며 자기실현보다 더 상위의 욕구가 있다고 자신의 이론을 수정했다(그는 그때가 자신의 말년임을 몰랐는데, 조깅을 하던 중 심한 심근경색이 와 62세로 갑자기 생을 마감했다). 매슬로는 그가 죽은 뒤 출판된 글에서 자기실현보다 상위의 욕구인 '자기초월self-transcendence'을 이렇게 설명했다. 자신의 진심에 집중하며 자기를 중심에 놓고 사는 삶을 넘어서서 이

타심, 영적 각성spiritual awakening, 서로 하나 됨 같은 나를 '초월'하는 가치에 집중할 때 다다를 수 있는 경지라고. 즉, 남들로부터 자유로워진 '참된 나'를 찾은 후에 오는, 심지어 나 자신으로부터도 자유로워질 수 있는 그야말로 진정한 '초월'의 경지를 이르는 말이었다.

그런데 이러한 자기초월의 개념은 매슬로와 동시대인이던 오스트리아 신경정신과 의사 빅터 프랭클이 이미 늘 강조해오던 것이었다. 더 나아가 프랭클은 인간이란 근본적으로 자기초월적인 존재이기 때문에 저절로 자기 밖으로 주위를 돌리게 되어 있다고도 말했다. 어쩌면 가난에서 벗어나 부자가 되겠다는 목표를 자기실현이라 믿으며 이기적이라고 할 만큼 평생 한눈 팔지 않고 달리시던 내 아버지에게도, '자기초월의 의지'가 잠재해 있었던 것이리라. 그래서 자신을 희생하다시피 하는 환경에서도 타인을 생각하며 공장 문을 닫지 않으신 것이리라.

또한 프랭클은 자기실현이란 내가 그 실현을 좇아 노력할 때 이루어지는 것이 아니라, 오히려 내가 아닌 타인을 위해 무언가를 할 때나 타인에게 사랑을 줄 때에, 즉, 자기초월을 향해 갈 때에 부수적으로 이루어지는 것이라고 했다.

마치 부산물이 나오듯 말이다. 이렇듯 우리가 자신만을 위해 열심히 살아갈 때는 다 채우지 못하는 더 높은 상위의 욕구가, 더불어 살아가는 이들에게 인정의 손길을 뻗칠 때에야 비로소 채워지는 것 같다. 그렇다면 나의 마음속 빈자리는 어떻게 채울 수 있을까. 한참 궁리해보다가 이런 생각에 이르렀다.

'아, 내가 부모를 잃은 아이들을 위해 무언가를 해줄 수 있으면 되겠구나!'

나는 그토록 부모가 되고 싶었으나 아이를 갖지 못했다. 반대로 그 아이들은 간절히 부모를 원했지만 부모가 곁에 있어주지를 못했다. 그래서 얼마 전부터 나는 캄보디아에서 조부모와 함께 살고 있는 두 여자아이를 후원하기 시작했다. 처음 그 아이들의 사진을 받았을 때는 내가 그 아이들의 삶에 조금이라도 보탬이 될 수 있다는 생각에 가슴이 뭉클해졌다. 앞으로도 어떤 형태가 될지는 모르겠지만 소아정신과 의사로든 봉사자로든 후원자로든 임시 부모로든, 내가 부모를 잃은 아이들에게 힘이 되어줄 수 있는 존재가 될 수 있다면 마음속의 빈자리가 채워질 수 있으리란 생각이 든다.

내 나이 이제 마흔넷이니 나는 인간 평균 수명의 반 남짓을 살았다고 볼 수 있다. 내 인생 전반전을 살펴보면 어딘가 모르게 어수선하고 늘 허둥거리고 여러모로 부족함이 많은 내 주변에, 또 내 삶 구석구석에 나를 진심으로 도와주었던 손길들이 늘 끊이지 않고 있었다. 나답게 길러주신 부모님부터 늘 친구가 되어준 언니, 문제집 살 돈도 없던 내게 샘플 문제집을 주시던 학창 시절 선생님들, 어렵고 힘든 의대 공부를 서로 나누어 하며 형제자매처럼 지낸 의대 동기들, 평생 의사로서 되새길 교훈을 심어주신 의대 은사님들, 미국에 와 처음으로 혼자 살아야 했을 때 가족처럼 챙겨주던 동료 의사들, 외국인인 내가 뒤처지지 않게 배려하고 도와주던 미국 레지던트 동기들, 좋은 정신과 의사로 성장하도록 수련해주신 UNC 교수님들, 볼티모어에서 가족이 되어주고 지금은 평생 친구가 된 이웃들, 성숙한 교수로 성장하도록 이끌어준 존스홉킨스와 케네디크리거의 상사들과 멘토들, 내 병을 공감해주고 측은히 여기며 정성을 다해 치료해주었던 친구 정태환 교수, 내가 병으로 1년 가까이 자리를 비워야 했을 때 그 자리를 기꺼이 메워준 나의 상사들과 동료들, 이렇게 별난, 그리고 아픈 아내를 떠나라 해도 떠나지 않고 계속 옆에 있어준 곰 같은 남편까지……. 다 나열하기에는 지면이 부족할 만큼 많은 '사람'이 있었기에 남편이 말했듯 나는 '기적처럼' 여기까지 왔다.

이제 나는 인생의 후반전을 앞두고 있다. 이제껏 살아오는 동안 빚을 진 사람들과 또 내가 앞으로 만나게 될 사람들, 그리고 나의 글을 통해 만나게 될 수많은 사람에게 내가 받아온 도움을 베풀며 내가 진 빚을 조금씩 갚아나갈 수 있다면, 나의 삶을 자기실현과 자기초월을 이룬 삶이라고 부를 수 있건 없건 더 이상 바랄 것 없이 만족스럽고 행복할 것 같다. 그리고 세상을 떠나게 될 그날, 아쉽지만 '내 인생 내 마음이 흐르는 대로 정말 잘 살다 간다'고 흐뭇해할 수 있기를 간절히 바란다. 깊이 사랑받고 깊이 사랑하며, 도움을 주고 도움을 받으며 한껏 나누며 살았다고 말할 수 있기를 바란다. 또, 두렵다거나 어렵다는 이유로 내가 하고 싶은 일들을 피하지 않고 뛰어들어 마음껏 했으니, 그 끝에 여한이나 후회가 없기를 바란다.

그리고 나는 남편에게 이렇게 당부해두었다. 혹시라도 내가 먼저 간다면 내 장례식에는 다들 검은색 정장이 아닌 자신이 가장 좋아하는 옷을 입고 와서 슬픈 음악이 아닌 행복하고 평안한 음악이 흐르는 가운데 나와 함께했던 시간을 기억하며 추억을 나누고, 누가 뭐라 하든 개의치 말고 마음껏 웃고 즐기다 갈 수 있게 하라고. 내 죽음을 슬퍼하는 시간이 아니라 내가 살고 간 나의 거칠고도 소중한, 하나뿐인 삶을 축하해주는 시간을 갖기를 간절히 바란다고.

왜 살아가는지

그 이유를 아는 사람은

어떠한 삶도 견뎌낼 수 있다.

- 프리드리히 니체Friedrich Nietzsche

감사의 글

표현은 잘하지 못하지만 별난 아내 곁을 묵묵히 지켜주고 응원해주며 맛있는 밥도 챙겨주는 남편 Jeffrey Wong에게 고마운 마음을 전합니다.

2년 반이 넘는 긴 시간 동안 첫 책을 쓰는 부족한 저자를 믿고 꾸준히 도와주며 길을 보여주신 출판사 다산북스와 임보윤 팀장님께 감사의 말씀 드립니다. 더불어 곁에서 원고에 대해 귀한 피드백을 준 친구 윤예원, 이주영, 김세진, 박지영에게도 감사의 말을 전합니다. 그 외 아낌없는 응원과 격려를 보내주신 많은 가족, 친지, 친구

마음이 흐르는 대로

분들께도 감사드립니다. 이 모든 분의 도움이 아니었다면 『마음이 흐르는 대로』가 이렇게 건강하고 힘 있게 태어나지 못했을 것입니다.

이름도 들어보지 못한 초보 저자의 원고를 활짝 열린 마음으로 읽어봐 주시고, 넘치는 평가로 아낌없이 추천해주신 유미 호건 여사님께 진심으로 감사드립니다. 메릴랜드주 한국 이민자들을 어머니 같은 마음으로 늘 걱정해주시고 챙겨주시는 퍼스트레이디가 계시다는 것이 늘 자랑스럽고 고맙습니다.

제가 여기까지 오도록 많은 도움의 말과 격려를 주신 의과대학 은사님들, 저의 평생 멘토이신 대구가톨릭 의과대학 박정한 전 학장님, 귀한 조언과 가르침을 주셔서 감사드립니다. 그리고 끊임없는 응원과 격려를 보내주시는 경상여자고등학교 시절 김복순 담임선생님께도 늘 깊이 감사드립니다.

아버지의 생명이 위독했을 당시 최선을 다해 위험을 무릅쓰고 치료하고 수술해주신 대구가톨릭대학병원 간이식팀의 최동락 교수님, 선배 한영석 교수님, 동기 김주동 교수와 신장이식팀 교수님을 비롯한 모든 의료진께

이 자리를 빌려 우리 가족의 깊은 감사를 전합니다.

　나의 병을 진단하고 치료하기 위해 애써주신 대구가톨릭대학병원 신경과 이동국 교수님과 동기 석정임 교수를 비롯한 미국과 한국의 모든 의료진들, 특히 내 병을 깊이 이해해주고, 친구이자 의사로서 많은 위로와 힘이 되어준 정태환 교수에게 다시 한번 고맙다는 말을 전하고 싶습니다(이런 좋은 남편감에게 신부를 꼭 찾아주고 싶다는 마음의 빛이 있습니다).

　마지막으로, 어설프고 부족한 나라는 사람이 지금껏 무사히 세상을 살아가도록 항상 지켜봐주시고, 이만큼 건강을 회복해 이 책을 잘 마치게 허락하신 하나님께 감사드립니다.

Follow Your Heart

이 책의 인세 중 일부는 캄보디아 낙원학교에 기부됩니다.
캄보디아 낙원학교 인스타그램 l nakwonschool_cambodia

마음이 흐르는 대로

초판 1쇄 발행 2020년 11월 23일
초판 23쇄 발행 2023년 12월 13일

지은이 지나영
펴낸이 김선식

경영총괄이사 김은영
콘텐츠사업본부장 임보윤
책임편집 문주연 **디자인** 윤유정 **책임마케터** 이고은
콘텐츠사업1팀장 한다혜 **콘텐츠사업1팀** 윤유정, 성기병, 문주연
편집관리팀 조세현, 백설희 **저작권팀** 한승빈, 김재원, 윤제희
마케팅본부장 권장규 **마케팅2팀** 이고은, 양지환, 배한진
미디어홍보본부장 정명찬 **브랜드관리팀** 오수미, 김은지, 이소영
뉴미디어팀 김민정, 이지은, 홍수경, 서가을, 문윤정, 이예주
크리에이티브팀 임유나, 박지수, 변승주, 김화정, 장세진, 박장미
지식교양팀 이수인, 염아라, 석찬미, 김혜원, 백지은 **브랜드제휴팀** 안지혜
재무관리팀 하미선, 윤이경, 김재경, 이보람, 임혜정 **인사총무팀** 강미숙, 김혜진, 지석배, 황종원
제작관리팀 이소현, 최완규, 이지우, 김소영, 김진경, 박예찬
물류관리팀 김형기, 김선진, 한유현, 전태환, 전태연, 양문현, 최창우, 이민운

펴낸곳 다산북스 **출판등록** 2005년 12월 23일 제313-2005-00277호
주소 경기도 파주시 회동길 490
전화 02-702-1724 **팩스** 02-703-2219 **이메일** dasanbooks@dasanbooks.com
홈페이지 dasan.group **블로그** blog.naver.com/dasan_books
종이 IPP **출력 및 인쇄** 민언프린텍 **코팅 및 후가공** 제이오엘앤피 **제본** 정문바이텍

ⓒ 2020, 지나영

ISBN 979-11-306-3250-6 (03810)

다산북스(DASANBOOKS)는 독자 여러분의 책에 관한 아이디어와 원고 투고를 기쁜 마음으로 기다리고 있습니다.
책 출간을 원하는 아이디어가 있으신 분은 다산북스 홈페이지 '원고투고'란으로 간단한 개요와 취지, 연락처 등을 보내주세요.
머뭇거리지 말고 문을 두드리세요.